天声人語

2023年7月—12月

朝日新聞論説委員室

朝日新聞出版

目次

2023年7月

2023年8月

2023年9月

2023年10月

2023年11月

2023年12月

天声人語　２０２３年７月—12月

（令和5年）

装丁　加藤光太郎
装画　タダジュン

2023

7月

ビートルズとＡＩ　７・１

「人工的とか合成的につくられたものは何もない。すべて本物で、私たち全員が演奏している」。ポール・マッカートニーが先週、ＳＮＳでコメントを出した。年内に発表するというビートルズの「最後のレコード」が人工知能（ＡＩ）をめぐる議論になり、戸惑っているようだ。

ポールは英ＢＢＣのインタビューで、制作過程でＡＩ技術を使ったと明かしていた。故ジョン・レノンが残した音源から声を抽出したと話したところ、過剰ともいえる反応があった。ジョンのディープフェイクなのか、倫理的にどうかなど、臆測が独り歩きした。

解散から半世紀以上たっても、ビートルズへの関心は高い。最初で最後の来日公演は、１９６６年のこの時期だった。佐藤剛《ごう》著『ウェルカム！　ビートルズ』は、日本武道館の公演をめぐる記録だ。映像でしか知らない世代には、意外な発見もある。

警察は「60年安保以来となる厳重な警備態勢」を敷いた。アリーナには席がなく、警察官が埋めた。立とうとした観客は座らされ、初日は「極端なくらいに静かだった」そうだ。

その頃の日本では、ビートルズの音楽的評価は低かったという。多くの大人にとって、えたいの知れない響きだったのだ。彼らが持ち込んだのはロックというより、未知の現象だったのだろう。

当時のロックを見る目は、いまのＡＩへ向けられたそれと通じるかもしれない。ポールは「怖いけれどわくわくする」とも言っていた。最新技術による曲を楽しみに待ちたい。

ああ、傘がない　7・2

ああ、傘がない。しまった。忘れた。そんな思いをすることがずいぶんと増えた気がする。真夏のような強い日差しだったかと思うと、ゲリラ豪雨が突然に降り出す。急変する天気に傘のありがたさを痛感する日々である。

名曲『傘がない』を井上陽水さんが歌ったのはもう半世紀も前のことだ。新聞は深刻な事件を報道している、テレビでは国家の大事を論じている。〈だけども問題は今日の雨　傘がない〉。陽水さんはそう歌った。

曲名の英訳は『ノー・アンブレラ』。「私は傘がない」と主語をつける訳に陽水さんは反対したそうだ。「傘は象徴なのです。『俺』の傘ではなく、人間、人類の『傘』なのです」（ロバート・

キャンベル『井上陽水英訳詞集』）。

新聞やテレビが報じるのは、何やら実感がわかない、遠くの話ばかりではないか。もっと目の前の難題にあたふた振り回されているのが、私たち人間というものではないのか。作り手の問題意識が強く伝わってくる話である。

いまは亡き筑紫哲也さんはこの歌を聞き、人々の関心から離れたニュース番組をつくってはなるまい、と思ったそうだ。大きな問題を伝えつつも、世人を打つ〈つめたい雨〉を忘れない。そんな報道を目指そうと考えたらしい。

「傘は平和や優しさだったりする」。陽水さんは同詞集で、そうも語っている。なるほど、と気づく。だから、ひとはよく、傘を忘れるのか。忘れて、失って、それからいつも、しまったと悔やむのか。ああ、傘がない。

ハーフでなく、ダブルです　7・3

「どこの国の出身ですか」。日本で生まれました。「うおーハーフかいな」。ハーフじゃないです。ダブルです。「箸の使い方、上手やなあー」。……。「日本食は好きなん」。はい。「きょうは外人、多いなあ」

ラーメン屋の客が、見た目が外国人のような若者に対し、立て続けに不躾《ぶしつけ》な質問を放つ。いかにも不愉快といった表情で、言葉少なに応じる若者。4年前に発表された映画『WHOLE』の一場面である。

兵庫県出身の川添ビイラルさん(33)が監督を務めた。父親はパキスタン籍、母親は日本人。自分や弟の体験を盛り込んだ作品だ。この国に生まれ、育ったのに、日本人とみられない若者たちの心の葛藤を描いた。

いま日本で生まれる子どもの100人に2人は、片親が外国人だ。彼らを外見だけで外国人扱いする偏見の強さに驚く。一方で、スポーツなどで活躍すれば、「国の誇り」と持ち上げる。そんな嫌な風潮はないだろうか。

先日、一本の投書が本紙に載っていた。「ハーフが関西弁でしゃべると気持ち悪い」。大阪の中学生は、かつて同級生に言われたという。幼いころから「当たり前」に使ってきた関西弁だが、それからは話すのを避けるようになったそうだ。読んでいて、何とも暗い気持ちになった。

「相手のことを知らず、知ろうともしないから、傷つけてしまうのかな」。川添さんは言った。自戒を込めて思う。自分の何げない一言が、誰かを悲しくさせていないか。もっと想像力を、多く持ちたい。

絶望名人カフカ　7・4

失恋した心の傷には、励ましの歌よりも嘆きの歌が染みる。部屋にこもって音量を上げ、悲しみに身をひたす。同様に、つらい時にはネガティブな言葉のほうが救いになる、と文学紹介者の頭木《かしらぎ》弘樹さんが書いていた。薦めているのは、文豪カフカの言葉だ。

「将来にむかって歩くことは、ぼくにはできません。将来にむかってつまずくこと、これはできます。いちばんうまくできるのは、倒れたままでいることです」（『絶望名人カフカの人生論』）。

20世紀を代表する作家がチェコ・プラハに生まれ、きのうで１４０年を迎えた。不器用な人だった。他人とつきあうのは苦手だが、誰かとつながっていたい。仕事は嫌いだが、辞められない。結婚したいが、踏み出せない。同じ女性と2度婚約して2度破棄した。

代表作『変身』で、夢から目覚めた主人公は巨大な「虫」になっている。このドイツ語Ｕｎｇｅｚｉｅｆｅｒ《ウンゲツィーファー》は、もともと「人間に有益でない、役に立たない小動物」を指すそうだ。と知ると、例の奇怪な物語は「役立たない」と見放された、ひきこもりの話に一気にかわる。

カフカの生きにくさが投影されているのだろう。こんな言葉もある。「生きることは、たえず

2023・7月

わき道にそれていくことだ（略）振り返ってみることさえ許されない」
将来に希望を持てず、不安を抱えたいまの若者たちもうなずくだろうか。時代も国境も越え、同じような人がいた。人間は、そう感じるだけで不思議と小さな力がわくことがある。

熱海土石流から2年　7・5

雨をしのいで、慕わしい源頼朝のもとへ若き北条政子が身をよせる。鎌倉時代の『吾妻鏡《あずまかがみ》』が描く一場面だ。地元の静岡県熱海市では、伊豆山《いずさん》神社やその後ろにある「子恋《こごい》の森」で2人は逢瀬《おうせ》をかさねた、とされている。

昨年のNHK大河ドラマ「鎌倉殿の13人」による人気だろうか。先日神社を訪れた際には、参拝の人が絶えなかった。だが、私は山道を先へ急ぐ。わけがある。2年前、大雨で盛り土が崩れ、谷あいで身を寄せあう家々を土石流が襲った。起点となったのは、森のさらに奥だった。

あっという間の悲劇だったのだろう。いまも現地には、泥が壁に飛び散ったままの無人の家が残っていた。解体された家の礎石は、かつての人の暮らしを言葉少なに物語る。地域への立ち入りは制限され、時が止まったかのように夏草が風に揺れていた。

28人の命が奪われた。おととい現地であった追悼式で、長女を亡くした小磯洋子さん(73)は「娘を抱きしめることができなかった」と大粒の涙を流した。

それにしても、自然の恐ろしさを見せつけられた「あの日」が連日続く。熊本豪雨、九州北部豪雨、西日本豪雨。九州はまたも激しい雨にみまわれ、河川が氾濫《はんらん》した。週末まで警戒を怠らずにいたい。

子恋の森は、その名ゆえに、古くから哀傷歌に詠まれてきた。〈思《おもひ》やる子恋の森の雫《しづく》にはよそなる人の袖も濡《ぬ》れけり〉清原元輔《きよはらのもとすけ》。子を亡くした親が流す涙の雫に悲しみを誘われる。涙の雨が降り続くことにならぬよう、祈っている。

2023・7月

中国の反スパイ法　7・6

日中友好団体の幹部だった鈴木英司《ひでじ》さんは、北京でスパイの疑いをかけられた。2016年のことだ。目隠しをされて古い部屋に連行される。監視員2人が常駐して、カーテンを開けて太陽を見ることも許されない。そこに7カ月いた(『中国拘束2279日』)。

取り調べで、会食した中国当局者に北朝鮮の動向を尋ねたことが違法だと言われた。日本で報じられた内容を雑談したに過ぎない。それでなぜ。「国営新華社通信が報じていなければ違法だ」との答えが返ってきた。

不気味な霧はさらに濃くなったというべきだろう。あいまいな規定で、何が違法なのか見えない。改正された「反スパイ法」が中国で施行された。「国家安全や利益に関わる資料」などを探っただけで、スパイとみなされるそうだ。

出張者も「常に監視、盗聴されているという意識をもつことだ」との専門家の忠告を本紙で読み、絶句した。世界2位の経済大国の足もとは、なんたるさまだろう。

企業や研究者が不安から足を遠ざけてしまえば、日中関係はいっそう危うくなる。それでも、監視を優先するのか。摘発の矛先は、外国人とつきあいのある中国人にも向かっているという。

こんなジョークがある。中国共産党の幹部が、国際感覚のすぐれた作家に自伝の執筆を頼むことにした。人選が遅い。側近を呼びつけた。「早くしないか」。「しかし、ご希望にかなう作家がどこに収容されているか、懸命に調べているところでして」。笑い事ではない。

七夕　7・7

スマホの画面をのぞきながら足早に、夜道を家路につく。ふと見上げると、すばらしい輝きの満月が浮いていた。つい先日のことだ。現代社会は、夜空を見つめる機会をすっかり失わせてしまった。せめて今夜ぐらい。七夕である。

芭蕉は、前夜から心待ちにしていたらしい。〈文月《ふみづき》や六日《むいか》も常の夜には似ず〉。『奥の細道』の長い道のりでは、暑さや雨に苦しんだ。旅を見まもる星たちは、対話を重ねる相手でもあったのだろう。

芭蕉が生きた時代とは異なって、新暦のいまの七夕は、天気には恵まれぬものと相場が決まっている。気象庁によれば、2020年までの過去30年で、7日が「晴れ」だったのは東京で23％しかない。織姫と彦星《ひこぼし》は年1度の再会を無事に果たせるのか。やきもきして当たり前なのである。

さて今年はいかに。きのう各地では梅雨の晴れ間が広がり、真夏の暑さとなった。一日早かった。きょうからは前線の活動が再び激しくなり、九州などは雨の予報となっている。

万葉集の名もなき歌人も、天を見上げて銀の粒を恨めしげに眺めたのだろう。そして想像力をふくらませた。〈この夕《ゆうべ》降り来る雨は彦星のはや漕《こ》ぐ船の櫂《かい》の散りかも〉。銀河をこぎ渡る彦星の舟。そのときに飛び散るしぶきに、雨を例えた。

早く会いたいと、はやる彦星の気持ちは分からぬではない。ただ、しばらく大雨はこりごりの地域もある。これ以上の災害が起こらぬよう、櫂をこぐスピードを少々落としていただけると、ありがたい。

なし崩しの武器輸出　7・8

「借りた金を、なし崩しにする」。返済の滞りがちな相手に言われたら、笑うべきか怒るべきか。文化庁による2017年度の「国語に関する世論調査」の解説に驚いた。なし崩しの本来の意味は「少しずつ返していくこと」なのだそうだ。

調査では、6割を超える人が「なかったことにすること」の意味にとらえていた。恥ずかしながら、当方もその一人だ。既成事実を重ねて、はじめの約束をいつのまにかご破算にする。そんな政治のふるまいが多すぎるからだろうか。

自民・公明の作業チームが、武器輸出の新たな指針をめぐる中間報告をまとめた。殺傷能力のある武器は輸出できないという原則をとりやめる。たとえば「機雷処理用」の機関砲や「立ち入り検査を行うため」の銃器の輸出を、今後は認めることで、意見が一致したという。

紛争当事国などに武器を渡して、のちのちの使い方まで縛ることが果たしてできるだろうか。英国やイタリアと開発する戦闘機も輸出できるようにすべきだ、との声が多かったとも聞く。まさしく、なし崩しである。

もともとは武器輸出三原則と呼ばれていたルールだった。14年に防衛装備移転三原則と名前が改められた。歯止めは、少しずつ欠けていくばかりだ。

今回のような報告を何と呼ぼう。思い浮かんだ単語を辞書でひくと、意味は「ふきだして笑うこと」とあった。しかし、文化庁の調査では「腹立たしくて仕方ないこと」とみなす人が半数もいるそうだ。「噴飯」もの、である。

顔のない遭難者　7・9

海外の紛争地で取材していたころ、よく罪悪感を覚えた。誤爆で建物の下敷きになった子。銃撃戦に巻き込まれた農民。遺族らの話から、貴重な人生の軌跡を知った。だが、「犠牲者たち」とくくった途端、遠い世界の話になってしまう。

地中海を船で渡る移民や難民が今年、深刻な状況だ。国連の調べでは、今月初めまでの死者・行方不明者は2千人近い。最悪の7年前を上回るほどのペースだ。中東やアフリカの一部で不安定化した政情などが背景にある。

2023・7月

危険な船旅で命を落とした人々は、名もないまま収容先の国で埋葬される。その身元を特定して死者の尊厳を守り、遺族らに伝える試みがあると『顔のない遭難者たち』で知った。著者のクリスティーナ・カッターネオさんは、同定作業を続けるイタリアの法医学者だ。

遺族にとってつらいのはあきらめきれない「あいまいな喪失」だという。遺体の特徴や所持品、DNAなどを細かく記録し、蓄積する。遺族らが持参する写真や歯の治療記録、毛髪などと一致すれば特定できる。

あるとき、遺体のTシャツに縫い付けられた小袋がアフリカの「故郷の土」だと知った。著者も昔、祖父母の家で摘んだ花をお守りのように財布に入れたことを思い出す。それ以来、自分と彼らの間にあった距離が消えたと書いている。

欧州で移民・難民問題が分断の火種となって久しい。上陸を阻む動きすらあるなか、死者に人格を取り戻させようと懸命な人々がいることに救われる思いがする。

6月に雪が飛ぶ　7・11

梅雨の合間の青い空には、ハクチョウゲの小さな白い花がよく似合う。漢字では白丁花と書くが、お隣の国、中国では「六月雪《リウユエシュエ》」である。旧暦の6月はちょうどいまごろ、7月から8月にかけてか。緑の葉に白がポツポツある様が、季節外れの雪に見えるということらしい。

ただし、花ではなく、これが本物の雪ならば、まったく別の話となる。「六月飛雪《リウユエフェイシュエ》」。かの国の古人は冤罪《えんざい》事件をそう記した。無実の罪で処刑された人の怒りや苦しみが天を突くとき、季節は狂い、雪が風に舞うという。

まさか、そんな雪を降らしたいのだろうか。袴田巖さんの裁判をやり直す再審公判で、検察が有罪を立証すると言い出した。無罪確定がほぼ確実とされた裁判なのになぜ、87歳にもなる人の審理を長引かせるのか。

「検察だから、とんでもないことをすると思っていました」。姉の秀子さんが不信感を露《あら》わにするのは当然だ。死刑判決の根拠とされた証拠は、捏造《ねつぞう》の疑いが「極めて高い」とまで裁判所に指摘された。検察はこれが不満でならないのだろう。

きのうの説明でも証拠は「不自然でない」などと従来の主張を繰り返した。さて、世の人々の目にはどう映ったことか。巨悪を倒すべき検察官が小さなメンツに固執し、組織防衛に汲々《きゅうきゅう》としているようで何とも情けない。

雪の字には降る雪のほかに、そそぐ、すすぐの読みもある。異常気象に悲しみを重ねるのはもうたくさんだ。袴田さんの汚された名誉は、速やかに雪がれるべきである。

海のかなたの紛争に　7・12

私は、海のかなたで、今戦争があるということを信じることが出来ない――。明治、大正、昭和を生きた作家の小川未明は小説『戦争』にそう書いた。まさに第1次世界大戦の激しきさなかである。多数の戦死者を伝える新聞を見て、「作り話ぢやないのかしらん」。

なぜかといえば、「みなが大騒ぎをしてゐない」からだった。欧州の戦争への関心はどうしてこんなに低いのか。作家は「新聞の報道が事実であるなら、誰でもかうしてぢつとしてはゐられない筈《はず》である」とひとりごちた。

さて、この話はどうか。先週、パレスチナ自治区のヨルダン川西岸地区で、イスラエル軍が「過去20年で最大規模」という軍事作戦を行った。難民キャンプなどが20回も空爆を受け、多くの死傷者が出た。だが、日本では「大騒ぎ」どころか、巷《ちまた》の話題にもなっていないように見える。

パレスチナの地で繰り返されてきた、非道な殺戮《さつりく》の応酬を、遠く離れた日本で想像するのは容易ではない。ただ、ウクライナ戦争への注視の度合いと比べ、その差の大きさには戸惑ってしまう。

小川未明の小説が発表された半年後、日本はシベリアに出兵した。それでも世論の関心は低く、第1次大戦は「忘れられた戦争」とも呼ばれる。やがて時代は、あの暗い昭和へと進み、日本人は我が身のこととして戦争を知った。

単純な比較をするつもりはない。でも、海のかなたの流血のニュースを見ながら、あえて自らに問う。これは「作り話」などではないのだと。

国際数学オリンピック　7・13

数学が苦手な生徒は往々にして、正解ではなく、ある疑問にたどりつく。いわく、何でこんな勉強をするのか。将来、いったい何の役に立つというのか。10代の筆者もよく、そんな嘆きを重ねていた。

ああ、そうかと気づいたのは、藤原正彦さんの著書『数学者の言葉では』を読んだときだ。「役に立たない、というのは、価値がないということではない」と数学者は説いた。大切なのは何かを深く考えること。すぐに成果が出ずとも、その行為がいかに尊いかを教えられた。

彼らもまた、そんな深遠な世界に魅了されているのだろう。国際数学オリンピックが20年ぶりに日本で開かれた。世界各地から集まった若き天才は約600人。1位が中国、2位が米国だった。

日本も6位と健闘した。「数学は紙とペンさえあればできるけど、奥が深いです」。金メダルをとった都立武蔵高3年の北村隆之介さん(17)はうれしそうだった。ひとつの問題を解くのに、何十時間も考え抜くことがあるとか。

卓越した才能たちにとって、この数学の五輪は格好の晴れ舞台だ。同時に、数学好きの裾野を広げる効果にも期待したい。より多くの人の関心を呼べるような、仕掛けづくりがあればと思う。

数学は万人をひきつける美しさを持っている。「真理の探究とやらでゆうゆうと時間つぶしをするのは、最も人間らしい生き方なのかも知れない」。藤原さんはそうも書いている。世界レベルにはほど遠くとも、私なり、自分なりの探究を楽しみたい。

ミラン・クンデラと裏切り　7・14

裏切りほど、人間らしい行為もない。ミラン・クンデラさんの作品が多くの人を魅了するのも、そこに常に生身の言葉と、背信のにおいがあるからではないか。チェコスロバキア出身の著名な作家の訃報《ふほう》に接して、そんなことを考えた。

その名が注目されたのは1967年の小説『冗談』だった。東西冷戦のさなか、民主化運動「プラハの春」の前夜のことだ。将来有望な若者が恋人に送った手紙の一言によって、炭鉱での労働を強いられる話である。

なぜ私信の内容が党当局の知るところになったのか。「謝ろうなんて、ちっとも思っていないわ」。冷たく言い放つ恋人の小さな裏切りが、ひとりの男の人生を大きく狂わせていく。共感を呼んだのは、歴史に翻弄《ほんろう》される多くの人々の姿が重なったからだろう。

家族や仲間への不義、自らの意思や感情に対する不実。作家の筆致は厳しく、でも、やさしい。映画化された『存在の耐えられない軽さ』では、裏切りは「魅惑」であり、「美しい」とさえ記している。

実生活においても、裏切り者との汚名に苦しんだ。フランスへの亡命を「逃げた」と責められ、母国ではひどく嫌われた。本人は否定したが、過去に秘密警察に協力していたとの報道も出た。深い葛藤があったに違いない。

「前には理解できる嘘《うそ》があって、その後ろには理解できない真実が透けてみえる」。文学とは何か。小説とは何なのか。読む人を悩ませる印象的な言葉をいくつも残して、ひとりの作家が逝った。94歳。

2023・7月

＊7月11日死去、94歳

米国からの100通　7・15

1990年代の初め、湾岸戦争が終わったばかりのころだ。高知市に住む、ある男子高校生の投書が米国の新聞に載った。日本はなぜ、自衛隊を戦争に派遣しないのか。「日本には憲法9条があるからなのです」。そんなことを説明する内容だった。

この投書のことを知って、思った。あれから30年余り、彼はどうしているだろうか。いま、日本の安保政策は大転換しつつある。彼ならば、どう言うだろう。先月、高知市を訪ねてみた。

きつく曲がりくねった坂の上に、彼の通った土佐塾高校はあった。教諭の島内武史さん(62)によると、投書のことは「語り継がれている」そうだ。ただ、彼はもう、いなかった。医学の道に進んだが、10年ほど前に早世したという。

驚いたのは、米国から100通を超える手紙が届いていたことだ。当時の反響をまとめた冊子を見せてもらった。「米国にも平和憲法があればいいのに」「日本の政治について教えて欲しい」。日米の若者が平和を追い求め、やりとりを重ねていたことに胸が熱くなった。

シカゴ郊外の高校生が、こんな言葉を紹介していた。「真に問われるのは戦争を始める能力ではなく、戦争を回避する能力である」。時を超え、いまにも通じる問いのように思えた。

東京に帰る飛行機で、しばし考える。日本の防衛費は急増し、専守防衛の原則も揺らいでいる。それなのに、先の国会での議論は、結論ありきでなんとも薄っぺらくはなかったか。眼下の太平洋が白くかすんでみえた。

繰り返された失敗　7・16

白球を追った10代のころ。失策をしては、なにがダメだったのかと自省したのを思い出す。「負けは謙虚さと慎重さの母」(『負けかたの極意』)。名将として知られた野村克也さんの言葉だ。大事なのは負けた後。失敗をいかそうとすれば、ものごとに謙虚な姿勢で取り組むようになる。

スポーツに限らない。政治や経済の世界でも、そうだろう。では刑事司法はどうか。長期の身体拘束で、うその自白を強いる。過去の冤罪《えんざい》事件で問題になるたび、捜査機関は再発を防ぐと誓ってきた。

その「謙虚さ」を、どこに置いてきてしまったのか。大阪の男性が、SNSで知人女性を脅し

2023・7月

たなどとして誤認逮捕された事件である。無実の訴えは聞き入れられず、42日間も拘束された。アリバイの確認が不十分だったという。

男性が取り調べの様子を記したノートには、自白を迫るような言葉が並ぶ。「暴力団組長は状況証拠で実刑判決になった。君も同じだ」「100％犯人だと思っている」。今もこんな調べが行われているのか、とぞっとする。

会社社長らが、軍事転用できる機器を許可なく輸出したとして起訴されながら、取り消された件も驚いた。警察官が法廷で事件は「捏造《ねつぞう》」だったと証言したのだ。なぜ捜査を誤ったのか。

野村さんは、失敗から学ぶには「恥を知ること」がスタートだ、とも書いている。失策を「恥」と思わずに忘れてしまえば、反省しないからだ。今度こそ捜査当局は恥じている。そう信じて、いいのだろうか。

オスプレイの低空飛行　7・17

ペリー提督率いる黒船の威容に、すわ戦かと武士は慌てた。でも、まともな具足はもとよりない。冷やかす川柳が残っている。〈武具馬具屋あめりかさまとそっといい〉。にわか繁盛した商人は、ペリーに感謝した。

開国を迫る米大統領の親書を日本が受け取ったのは、ちょうど170年前の7月だ。これで帰ってくれると幕府は期待したが、ペリーは東京湾のさらに奥へ船団を進めてきた。「来春にもっと多くの船で来る。その停泊地を探す測量だ」。開国しないとどうなるか、という脅しだろう。

日米友好を説く一方で、人様の玄関口をうろうろし、抗議は受け付けない。幕府は穏便に済ませようとするばかりで、乗組員が上陸しても、とがめるなと指示していた。構図はいまも変わらない。わが物顔の米国、ことなかれの日本。

日米合同委員会が先日、ある合意に至ったという記事を見て、あきれ果てた。米海兵隊のオスプレイは今後、沖縄をのぞく国内の山岳地帯を高度60メートルで飛べるのだという。自衛隊さえ、そんなことは原則許されない。玄関をあがって奥座敷までのぞいていく。勝手で危うい行為だろう。

日本の法令は、最低安全高度を150メートルとしている。これまでも米軍は低空飛行を繰り返しており、基地のある地域の知事らは「国内法の適用を」と政府に求め続けてきた。

なのに法を守らせるどころか、優遇のお墨付きを与えるとは。いったいどこを向いた政府なのか。「あめりかさま」という答えを聞くのはつらい。

知りたくない欲望　7・18

何の知識もないまま見られてほっとした。宮崎駿監督の長編映画『君たちはどう生きるか』を封切り初日の夜に観賞した。数日前からSNS上のうわさを見ないように気をつけていた。それでも公開直後から作品内容が盛んに流れ始め、ひやひやした。

冷静に考えると、「宣伝しないという宣伝」に乗せられた気がしないでもない。事前に公表されたのは題名とポスター1枚のみ。予告編もCMもない。圧倒的な知名度と実績がなければできない異例の興行だ。

情報ゼロ戦略の背景が、先月出版された『スタジオジブリ物語』で触れられている。プロデューサーの鈴木敏夫さんは、宮崎監督に「もう同じ事はやりたくない」と伝えたそうだ。監督は「わかるよ、鈴木さんの気持ちは」と応じた。

「同じ事」とは大がかりな宣伝だ。企業から資金を集めて仕掛け、映画をヒットさせる。この手法は1997年の『もののけ姫』で「行き着くところまで行ってしまった」と鈴木さんは感じていたという。出し尽くした末に至った境地だったか。

ジブリ作品に限らず、宣伝の波に辟易《へきえき》するようになって久しい。ＳＮＳ上に流れた情報と合わせ、見ていないのにオチまで知ることすらある。驚きの結末にぼうぜんとエンドロールを眺めた時代がなつかしい。

と言った以上、この映画については語れない。ただ、引退宣言を撤回してまでつくった監督の強い思いを感じた。転勤する先々で見てきた宮崎作品がよみがえり、胸に去来するものがあった。

高校野球とデータ　7・19

「めちゃくちゃ面白い。頭を使いますからね」。元大リーガーのイチローさんが3年前、高校野球の魅力をこう表現した。根底にあるのは、データ一辺倒でなく選手が個々で考えるべきだとの思いだ。引退後、各地の高校を訪ねて野球指導をしている。

各地の地方大会をみると、高校野球でデータ活用が進んでいるのがわかる。打者で大胆に守備位置を変えたり、特定の球種に狙いを定めたり。相手の試合映像などを分析するデータ班がある学校も増えたという。

時代の流れは根性論も合理性へ変えた。熱中症対策で選手らはこまめに水を飲む。「黒の単色」

が決まりだったスパイクは白もはけるようになった。猛暑下で、色の違いは約10度の内部温度差を生む。

きのうの東東京大会3回戦では、変わらぬ光景もあった。イチローさんが指導した新宿高は初回、無死一塁からバントを決めた。続く打者が二塁打で先制し、7回コールド勝ちに。これぞ高校野球、という試合運びだった。

順天堂大の姫野龍太郎・特任教授によると、チーム数が限られた大リーグやプロ野球と高校野球ではデータの活用法が異なる。「高校ではけがをしないフォームなど、選手一人ずつの能力向上に使うべきだ」と話す。

統計理論が注目されて久しい大リーグでは最新機器でデータ分析し、戦術や選手の評価に使う。打率より出塁率や長打率を重視し、バントや盗塁を良策としない。野球がつまらなくなったとの声もあるが、要はバランスの問題なのだろう。

「またミサイル」の怖さ　7・20

きのうは早朝、スマホの通知で知った。その前はテレビ画面の上部に速報が流れた。自宅でJ

アラートが鳴り、興奮してほえる飼い犬を抑えるのに苦労したこともある。いずれも最近、北朝鮮が弾道ミサイルを発射した際の話だ。またかと思う緩みを自省した。

25年前の夏、北朝鮮が初めてテポドンを発射したときの衝撃は大変なものだった。緊急事態を知らせるガンガンという音が社内に響き、編集局が騒然となったのを思い出す。小欄も「あまりにむちゃくちゃなやり方である」と、驚きと怒りを率直に伝えた。

以来、発射は繰り返された。今年2月現在の防衛省データでは、この10年で150発を超えた。昨年だけで59発。短距離から大陸間弾道ミサイルと、技術面の向上もうかがえる。

6年前の朝日川柳には〈飛翔《ひしょう》体だんだん慣れる怖さかな〉とある。立て続けに発射されたころで、慣れてきた様子がわかる。現在の頻度では、緊張が緩むのは仕方ないのか。

キューバ危機のころ20代だった劇作家の寺山修司が、ミサイルを論じている。日本人はミサイルを概念的にしかわかっておらず恐怖にも慣れがちだ。すると行き着く先はこうなる。「一億人が声をそろえて叫ばなければならない時がやってくるであろう。『狼《おおかみ》が来た！　狼が来た！』」（『時代のキーワード』）。

どんな状況にも慣れるのは人間の性《さが》だ。一方で、かつてないほどミサイルが発射されているのも現実である。「またミサイル」の怖さを心に留めておきたい。

孤食のレシピ　7・21

オムレツにスープ、ケーキ。外食費が高いオーストラリアで働いていたころ、20代の現地スタッフが何でもマグカップでつくるのに驚いた。材料をカップに入れ、電子レンジでチン。数分で昼食が完成する。味見させてもらうと結構おいしい。彼女に聞いてレシピをネットで調べたら無数にあった。

くらし面の連載『きょう、誰と食べる？　孤食を考える』を読み、当時を思い出した。カップ料理のレシピは、どれも分量が1杯分。1人で食べる「孤食」の形態だと気がついた。

核家族化が進んで単身者も増え、孤食は世界的な傾向になりつつある。英国では成人の約3割が1人で食べるとの調査結果も。人気ユーチューバーが料理動画で使うのも、小さな鍋が多い。

文化人類学者の石毛直道さんらによる『食物誌』に、大正時代の茶わん蒸しのレシピが紹介されている。「鶏卵百匁《もんめ》、煮出汁《だし》七合」とあるが、何人前かが書かれていない。石毛さんは10人前ぐらいと推測し、材料の種類だけを記した明治からは進歩したと書いている。

同著によれば、1970年代前半に4人前が標準になるまでは6人前が多かったそうだ。長く

4人前だった朝日新聞の『料理メモ』は、91年から2人前や単身者向けも扱うようになった。大正から100年たち、ついに孤食が主流の時代が来るのか。健康への影響が気になるが、人数が多いほど食べる量が増えるとの論文もある。健康的で簡単で安上がりで何人前にも応用できる。そんなレシピはないか。

シニア世代の再雇用　7・22

安治川信繁《あじがわのぶしげ》は定年後、大阪府警に再雇用された警察官だ。給与は定年時の6割程度で昇進もない。土日返上で働き、ときには自腹で他県まで捜査に行く。ドラマ化もされた姉小路祐《あねこうじゆう》さんの小説『再雇用警察官』の主人公の姿はシニア世代の労働や待遇について考えさせられる。

いまの安治川は、年下の上司にも「再雇用であっても警察官は警察官です」と啖呵《たんか》を切る。以前は出世や昇給に響くから上司に逆らえなかった。しがらみから解放されて「人生のゴールデンタイムかもしれへん」と話す彼に、なぜか素直に「良かったね」と言えない。

その疑問が一昨日、解けた気がした。定年後の再雇用者の賃金をめぐる訴訟で、最高裁が判断を示した。正社員との基本給の格差が、不合理に当たる場合があるという。不合理かどうかは、

「基本給の様々な性質」を検討すべきだとした。

性質とは能力、業績や成果、勤続年数などの要素を指す。そこには当然、上司の覚えやしがらみは含まれない。給与を4割も減らされた安治川が、精神的に自由になって成果を上げたのは、強烈な皮肉である。

定年前より負担の少ない仕事がしたいのか、現役並みに働いてやりがいを感じたいのか。再雇用される際の選択で、「給与減」が前提となっているのもおかしな話だ。

安治川はのびのびと働いて推理もさえわたり、複雑な事件を解決へと導く。「現役というのは、ほんまありがたい」という彼に、「給与も現役並みにしてもらいなはれ」と伝えたい。

カンボジアの総選挙　7・23

穏やかな風に乗り、読経の響きが聞こえてきた。千葉市郊外の青々とした竹林に立つ古民家で今月の初旬、ある追悼の会が開かれた。集まったのは日本に暮らす数十人のカンボジア人たち。母国で7年前に逝った著名評論家を偲《しの》ぶ集まりだった。

「私たちの代わりに言いたいことを言い、彼は殺された」。千葉でコメ作りをするハイ・ワンナーさん(36)は静かに語る。来日15年。フン・セン政権を批判する在日団体の代表である。「政権の脅しには屈しません」

近年、かの国での民主主義の後退は目を覆いたくなるほどだ。自由な言論は抑圧され、報道機関が閉鎖を強いられる。日本にいる彼らもデモなどの活動が問題視され、帰国すれば、拘束を免れないという。

きょう、そのカンボジアで総選挙の投票がある。最大野党の候補者はすべて、手続きの不備を理由に立候補が認められなかった。すでに与党の圧勝が確実と伝えられる。公正さに大きな疑問符のつく選挙だ。

「水かさが増すと魚がアリを食べ、水がひくとアリが魚を食べる」。カンボジアには、そんなことわざがあるそうだ。いずこにも、永遠に続く権力はない。異論を認めぬ政治など、早晩、行き詰まるに違いない。

日本政府は選挙に対し、「懸念」の表明にとどめている。カンボジアの和平に血と汗を流してきた日本が、それでいいのか。「国際社会も試されている。もっと踏み込んだ対応をしてほしい」。ハイ・ワンナーさんの訴えは、鋭く私たちにも向いている。

クジラと博物館　7・24

夏休みのこの季節、思い出す子どもの頃の記憶がある。父親に連れて行ってもらった博物館で、大きなクジラの骨格標本に目を丸くした。ああ、海のなかにはこんな生き物がいるのか。その印象の強さからだろう。博物館はいまでも、私には特別な存在だ。

クジラの標本はどこで誰が、どんな思いで作っているのか。国立科学博物館で研究主幹をつとめる田島木綿子《ゆうこ》さん(52)を訪ねた。海の哺乳類を研究している専門家である。

「標本とは何でしょう。「自然界からの恵みであり、宝物です」。日本の海岸に打ち上げられるクジラなどの死体は年300頭ほど。田島さんはそれを解剖し、死因を調べている。標本作りは研究の一端という。

イルカの頭の骨から肉をそぎ落とすのを、見学させてもらった。腐臭がただよう地下室での仕事である。小さな歯の並びも、そのまま復元する細やかな業《わざ》に驚く。「実物にウソをつかないよう、寸分違《たが》わずを目指しています」

人間はクジラをどれほど分かってますか。「7割ぐらいかな。同じ哺乳類として、彼らを知るのは私たちを知ることにもつながります」。学ぶべきは何でしょう。「クジラもひとも、生きているのは、それだけですごいこと。そう思っていいのだと気づかされます」

この夏もまた、博物館の標本にびっくりする子どもがいるに違いない。その子が気づいてくれたらいい。人間だけが違うのではなく、生き物はみな、地球に暮らす一員なのだと。田島さんも、そう思っている。

PFASの汚染　7・25

夏にふさわしく、きょうは怪異なお話を。明治の新聞は、ときに挿絵付きで、不可思議な出来事を伝えることがあった。死者の出た家で青白い提灯《ちょうちん》が深夜に飛び交った話、大きな沼の中から声が聞こえてきた話……。

うそかまことか信じるのは読者次第、というところだろう。さて、時代くだって先日のこと。じつに背筋のぞっとする話が弊紙にあった。舞台は、東京にある米軍横田基地。

2010年から12年にかけて、ここで有機フッ素化合物（PFAS）を含む泡消火剤が3回漏れ出した。分解されにくく、健康への影響が懸念されている化学物質だ。なのに発生から10年以上もたって、ようやく事実が公表された。

さらに驚くことに、防衛省は、19年には米側から報告を受けていたのだという。漏出のうち1回は、1年以上にわたって約3千リットルも地下に染み込んだという事案だ。地下水を通じて、影響が付近に広がっていないか。地元に一報だけでも伝えて、あたり前だろう。

4年半も情報を抱えたままだった。理由を聞くと、冷えた背筋は凍りつく。防衛省は「公表可能な内容を米側と調整するのに時間がかかったうえ、省内の引き継ぎが不十分だった」と説明した。きっと狐《きつね》に化かされていたのだろう。そうでもなければ、なかなか信じがたい対応である。

提灯のお化けや沼の声の主は、人を脅かすことはしても、水や土を汚して放置することはなかった。現代版の怪談にくらべると、あちらのほうが、よほどのどかに思える。

森村誠一さん逝く　7・26

人生の転機は思わぬところで待ち受けている。森村誠一さんのもとに、寒ブリを手土産にした角川春樹さんが訪ねてきたのは1970年代半ば。創刊する文芸誌の目玉がほしい。「作家の証明書になるような作品を書いていただきたい」

証明、という言葉が閃光《せんこう》のように脳裏に走ったと、森村さんは『遠い昨日、近い昔』で回想している。書き上げた『人間の証明』は、映画との相乗効果もあってベストセラーに。「読んでから見るか、見てから読むか」。幼いころ、ブラウン管の画面で見たテレビCMが遠く懐かしい。『証明』3部作からノンフィクション『悪魔の飽食』、そして晩年のエッセー『老いる意味』まで。ふり返れば、なんと息の長く、なんと幅の広い作家活動であったか。

こんな厳しい言葉も残している。「作家は作品を書いている間だけプロで、書かなくなったとき、また、書けなくなったときは、すでに作家ではない」。ライバルがひしめく世界で、己を戒めてきたのだろう。甘いマスクの奥の強いまなざしが印象的だった。森村さんが90歳で亡くなった。

本紙の声欄には何度も投稿していただいた。空襲の下を逃げまどった世代として、憲法9条や表現の自由をおびやかす昨今の政治に手厳しかった。

冒頭の回想録で、英作家の言葉を引用している。「最高の愛国心とは、あなたの国が不名誉で、悪辣《あくらつ》で、馬鹿みたいなことをしている時に、それを言ってやることだ」。言ってやれる反骨の人が逝ってしまった。

＊7月24日死去、90歳

ビッグモーターの不正　7・27

北条時頼の訪れを前に、母は準備に追われた。障子のやぶれた箇所を小刀で切っては紙をあてる。全部張り替えたほうが楽ではありませんか、と問われた母は答えた。「物は破れたる所ばかりを修理して用ゐる事ぞと、若き人に見習はせて、心つけんためなり」

傷んだ部分だけを直せばいいと気づかせるためです、と。ものを大切にする。徒然草が教訓を伝えている。かの母が耳にすれば、卒倒してしまう醜聞であろう。中古車販売のビッグモーターに、きのうは国交省による聞き取りがあった。

弁護士らによる報告書には、信じがたい記述が並ぶ。ゴルフボールを入れた靴下をふりまわしたり、ドライバーでひっかいたりして車にわざと傷をつけて、直した費用を保険会社に請求していた。

おとといの会見では、辞めた兼重宏行前社長がまじめな顔で「ゴルフを愛する人に対する冒瀆《ぼうとく》だ」と憤っていた。あきれて笑う、とはこのことだろう。冒瀆をわびる先が車を愛する人でもなく、顧客でもないとは。

どこかピントがずれ、人ごと感のぬぐえない経営者の会見に、社員は泣くに泣けまい。不合理なノルマが課され、降格処分も相次いだ。会見後には「改革の第一弾」として、会社とのやりとりが残るＬＩＮＥアカウントの削除を求められたそうだ。

徒然草は、何事も過ちとなるのは、慣れたつもりで「人をないがしろにするにあり」とも説いている。客の目を侮り、社員を軽んじてうまくゆくはずがない。まったくだ、とうなずく。

大阪万博のパビリオン　7・28

巨大なエアドームのアメリカ館、赤い曲線が空に伸びるソ連館……。１９７０年の大阪万博だ。多くのパビリオンのどこを巡るか。漫画家・浦沢直樹さんの『20世紀少年』で、主人公ケンヂたちは頭を悩ませる。奇抜な建築は輝かしい未来の象徴だった。

２０２５年の大阪・関西万博の光景を楽しみにする少年少女もいるだろう。だがいま聞こえてくるのは、槌《つち》の音よりも関係者の嘆きの声だ。独自にパビリオンを用意するはずの56カ国・地域のどこからも、いまだに建築申請が大阪市に出てこない。

「さんざん『こんなんじゃ間に合わないですよ』と言っているのに」。先日の記事にゼネコンの訴えがあった。建設業界は昨秋には、各国と調整するよう万博協会に求めていたという。そら見たことか、と言いたい気分なのかもしれない。

不安なのはスケジュールだけではない。国、大阪府・市、経済界で分担する会場建設費は、当初1250億円だった。暑さ対策などで1850億円に増えたが、建設の遅れや資材の値上がりで、さらに膨らむのかどうか。

作家の半藤一利さんの言葉を思い出す。日本人は往々にして「起きて困ることは、起きないのではないか」「起きないに違いない」「絶対に起きない」と思い込むくせがあると指摘していた（『今、日本人に知ってもらいたいこと』）。

10億を英語でビリオンという。〈パビリオン　幾《いく》ビリオンの持ち出しか〉。朝日川柳にあった。そんなことは「起きない」と願いたいが、さて。

山下清と花火大会　7・29

「裸の大将」として知られる画家、山下清は放浪の際に画材を持ち歩かなかった。リュックサックに入れたのは、茶碗《ちゃわん》2個と箸、手ぬぐい、着替え。それに、犬にほえられたときの用心の石ころ5個。それで全てだった。

駅で野宿しながら各地を転々とし、近くで花火大会があると聞けば、足をむけたそうだ。「何といわれても花火はきれいなので、ぼくはこれからも夏になったら見物にいこうとおもっています」（『日本ぶらりぶらり』）。

訪れた先の一つに新潟県長岡市がある。1945年8月1日夜の空襲で約1500人が犠牲となった。鎮魂の思いを込めた花火大会だ。「みんなが爆弾なんかつくらないで、きれいな花火ばかりつくっていたら、きっと戦争なんて起きなかったんだな」。素朴な目で日常の大切さを見抜いていた。

このときの記憶をもとにしたのが、傑作「長岡の花火」だ。東京のSOMPO美術館で開催中の「山下清展」で見た。漆黒の闇に次々と尾を引く尺玉。光る。広がる。どよめく。残光は小さな星に生まれかわって、空を埋めつくす。一瞬の輝きが、貼り絵の中に封じ込められていた。

東京ではきょう隅田川花火大会が開かれる。コロナ禍で中止されて、4年ぶりの開催だ。約2万発の大輪が天を染める。涼をもとめる浴衣姿で、今宵《こよい》の浅草あたりは大にぎわいだろう。

夜風に吹かれてビールでも飲みながら、役にも立たない話を友人たちと交わそうか。きっとそれこそが、かけがえのない日常である。

最低賃金が上がっても　7・30

ちょうど10年前、オーストラリアで取材拠点を開設する任務を担った。地元の弁護士に相談しながら法人登録し、物件探しで不動産屋を回った。現地スタッフの募集を始める際、最低賃金が時給1500円を超えると知って目をむいた。当時の日本は700円台だった。

その豪州は今月1日から、最低賃金を約2200円に改定した。物価高を背景に前年比8・6％、約170円のアップである。財界からの反対を押し切り、過去最大級の引き上げ幅だという。労働組合は「低賃金労働者の勝利だ」と歓迎した。

日本でも一昨日、厚生労働省の審議会が最低賃金の目安をまとめた。全国平均で初めて千円を超えたと聞いても、驚きはない。この物価高で41円増えたくらいでは、追いつかないだろう。

豪州に限らず、他の先進国と比べても日本の最低賃金は低い。英独仏などはロシアによるウクライナ侵攻後、インフレ対応として急いで引き上げた。今回の目安通りに上がっても、日本はこれらの国の6割程度にとどまる。

1990年代末から駐在したフィリピンでは、出稼ぎ労働者の間で日本の人気は高かった。経済を支える主要な送金元のひとつが日本だった。だが、「失われた30年」で賃金は伸びず、円安でさらに魅力は色あせた。

先進国には水をあけられ、新興国との差も縮まった。日本国内では人手不足が進むなか、近年は豪州などへ働きに行く若者らも目立つ。そんな状況での「千円超え」は、やはり遅すぎたと言うしかない。

女子サッカーの現在地　7・31

私を忘れて——。そう言い残してピッチを去った女子サッカーの選手がいる。元米代表のアビー・ワンバックさん(43)だ。アテネとロンドンの五輪で優勝し、ワールドカップにも4度出場した。8年前に引退した際、仲間とファンへ印象的なメッセージを送った。

私の背番号も、取ったメダルも、破った記録も忘れて欲しい。なぜなら「私がもう記憶されないくらい、次世代に偉大なことを成し遂げてほしい」から。男性優位の競技で待遇差や偏見に立ち向かった姿が、自著『わたしはオオカミ』に記されている。

女子サッカー人気が高い米国でも男女格差は根強い。報酬に不満な選手たちは連邦政府機関に訴えたり、米サッカー連盟を提訴したりしてきた。ようやく昨年、W杯の報奨金で男女の待遇を同じにすることなどで合意した。

この格差は日本でも深刻だ。特にバブル崩壊後の1990年代後半からは、「冬の時代」だった。企業が次々とリーグから撤退して、存続も危ぶまれた。2011年のW杯で優勝した後ですら、エコノミークラスでの移動が普通だった。

そんな苦難の時期を経て、日本代表がきょう、W杯でスペインと対戦する。すでに2連勝し、決勝トーナメント進出を決めた。今回は初めてチャーター機で現地入りし、専属シェフもいると聞いてほっとする。

プロ化が進んだ欧米と比べ、日本には課題も多い。それでも、サッカー選手にあこがれる次世代の女の子たちにとってお手本になり得る。この意味は大きい。

2023

8月

アンパンマンとばいきんまん　8・1

ハヒフヘホー。その一言だけで、子どもたちは大喜びだ。アンパンマンの敵役ばいきんまんは、あまり悪者らしくない。ドキンちゃんのわがままに振り回されてばかりだし、「とどめだ！」と叫ぶわりに、アンパンマンをとことんやっつけたりはしない。

それはお互い様であるのだろう。アンパンチを打たれても、ばいきんまんは自分の家に逃げ帰るだけだ。どちらも徹底的には打ちのめさない。「その手前で止めるということが、ぼくは大事だと思っています」。作者はそう語っていた（『やなせたかし　明日をひらく言葉』）。

今年は、アンパンマンが絵本に登場して50年、やなせさんが亡くなって10年という節目だそう だ。改めて作品を読んで感じるのは、絶対の正義などどこにもないのだ、という「共生」のメッセージである。

翻って、いま私たちの目の前にある政治はどうだろう。「共産党はなくなったらいい」。日本維新の会の代表が放った言葉に、ため息がでた。政策論争ではなく、政党の存在そのものを否定するような発言は見過ごせない。

2023・8月

そうでなくても、自らの支持者にしか向き合わない国会議員が目立つ昨今である。広く国民の代表として熟議を重ねる。分断を避け、合意を探る。そんな民主政治の基本をよもや忘れてもらっては困る。

「正義でいばっているやつは嘘《うそ》くさい」とも、やなせさんは言った。自分だけが正しいとの排除の政治に陥れば、ばいきんまんに嗤《わら》われるだろう。ははは、ハッヒフッヘホーと。

文春報道に思う　8・2

中国の人々はときに、権力が発する異臭を敏感にかぎ取る。将来を有望視された高官の妻が何やら事件に関わっているらしい。そんなうわさが、流れていた。ただ、それが国家の中枢を揺るがす大事件になるとは、想像できなかった。

2012年、党高官だった薄熙来《ボーシーライ》氏が失脚したときの話である。英国人男性の不審死を調べた公安局長は、上司の薄氏に夫人の関与を伝え、もみ消しを約束した。「任せてください」。そんな言い方をしたと当時の報道は伝える。

だが、薄氏は部下を信じなかった。中国政治は非情である。公安局長は解任され、身の危険を感じて亡命に走る。前代未聞のスキャンダルが次々と明らかになった。

さすがに日本でそんなことはあり得まい。そう信じつつ、気になるのは、首相の右腕とされる官房副長官をめぐる週刊文春の報道である。副長官と再婚した女性が前夫の死について事情聴取を受け、副長官が捜査に圧力をかけた、との疑惑があるという。

本人は「事実無根」と否定している。私人である女性の人権は守られるべきだ。だが、それにしても政府の対応は素っ気ない。副長官が記者会見などで反論しないのも解せない。いったい事実はどこにあるのか。疑念の声がくすぶるのも仕方あるまい。

文春は報道の根拠も明かしている。問われているのは権力中枢からの圧力の有無であり、法治という、この国のありようの根幹である。権力の側はもっと、人々の腹に落ちる説明に努めるべきではないのか。

夏の音　8・3

カラン、カラン。背負ったかばんが揺れるたび、水筒のなかの氷がぶつかりあう。カラ、カラン。炎天下での小さな音が何とも涼しげで、心地よい。近ごろ、もっぱら私は、ちょっと重い保冷式の水筒を持ち歩く派だ。

毎日、暑い。暑いのだけれど、この一瞬の涼気を感じさせる音が、夏にはある。シャリシャリと削って作る、かき氷。シュワシュワッとはじけるサイダー。想像するだけで清涼感がただよってくる。

ひとの脳は、音から過去の体験を勝手に連想するらしい。風鈴が鳴れば、風がくる。そんな「一種の条件反射」が脳内で進むのでは、といった専門家の談話が本紙にあった。不思議なのは、クーラーの音を聞いても、風鈴ほどの涼味はないこと。人間は情緒的に温度を感じる存在なのだろう。

子どもたちがパシャパシャと水をたたいて遊ぶ音も、涼しげだ。水の流れが風を呼ぶ。アフガニスタンで用水路造りに努めた中村哲《てつ》さんは生前、水辺の光景に幾度も目を細めた。人道支援に尽くした医師は、そこに「はちきれるような生命の躍動」を感じたとの言葉を残している。

世界各地で「記録的な猛暑」「危険な暑さ」との言が繰り返される。国連事務総長いわく「地球沸騰の時代」とも。日本では7月、観測史上、最も平均気温が高かった。

〈涼しやとおもひ涼しとおもひけり〉後藤夜半。炎天がにらむ季節だからこそ「涼し」は夏の季語である。ほんの一抹、暑気を忘れる快味を求めて、夏日の小さき音に耳を澄ませる。

バービーとキノコ雲　8・4

ピリピリする強烈なシナモン味は、病みつきになるらしい。米国で広く売られるアトミックファイアボールという赤い飴《あめ》玉である。直訳すれば、原子の火の球。原爆を露骨に連想させる名称だが、詩人のアーサー・ビナードさんは深く考えず、その飴をなめて育ったそうだ。

気づきを得たのは「ピカドン」という言葉を日本で聞いたときだった。米国の爆撃機が見下ろした広島でなく、それを見上げた人々が住む広島を初めて意識した。飴玉の「甘い勘違いが一気に吹っ飛んだ」という（『知らなかった、ぼくらの戦争』）。

かつてのビナードさんのように、誰かが傷つくのを想像できなかったのだろう。米映画「バービー」のファンが面白がって、主人公の髪形をキノコ雲にした画像をSNSに投稿していた。映画会社の返信も好意的なものだった。「被爆者を軽視している」といった批判の声が日本で上がったのは当然である。会社側は、配慮に欠けた対応だったと謝罪した。

日本への原爆使用は正しかった――。そう考える米国人は投下直後の調査で8割に上った。近年は減ってきているが、それでも半数を超える。原爆をめぐり、日米の認識の差は依然として大きい。

いつの世も、加害の側が被害者の気持ちを理解することは難しい。日本には、アジアに対する侵略の歴史もある。それでも、世界に問い続けるべきなのだろう。原爆投下はいかに残酷で、いかに人道に反したものであったか。ジョークにするなど、とんでもない。

復活の道、半ばで　8・5

トルストイが小説『復活』を書き上げたのは『戦争と平和』などの大作を記した後、晩年になってからだ。作中の主人公は若き日の過ちを悔い、新たな人生を歩もうとする。ロシアの文豪はその姿を通じ、「人間の復活とは何か」との深遠な問いを投げかけた。

多くの文学者が指摘するように、小説の結末はややあっけない。主人公たちはこれから、どうなるのか。これが復活なのか。拍子抜けに思う読者もいるだろう。ひょっとすると、復活は永遠に未完成なのだと、老作家は言いたかったのかもしれない。

不死鳥を意味するフェニックスが、再び深刻な不祥事に揺れている。日大アメフト部の学生寮から、覚醒剤や大麻が見つかったという。選手たちの生活の場に警察官が入るという異常事態は、何とも残念である。

危険な悪質タックルの問題で、チームが公式戦への出場を止められたのは5年前だった。大学日本一を決める「甲子園ボウル」で度々優勝してきた強豪校にとって、屈辱だったに違いない。

「問いかける。任せる。見守る。我慢する」。スパルタ式の指導を改めようと、公募で新たに選ばれた監督は立て直し方針を掲げた。２０２０年には3年ぶりに甲子園ボウル出場を決め、復調の兆しとも見られていた。

復活の道半ばで、いったい何が起きていたのか。フェニックスはこれから、どうなるのか。いくつもの疑問が頭をよぎり、消えない。まずは事件の解明である。悲しく拍子抜けする結末は、誰もが望んでいない。

2023・8月

きょう広島原爆の日　8・6

それは格闘だったという。妻の俊《とし》が人物を描くと、夫の位里《いり》が「リアルすぎる」と上から墨をぶちまける。俊が描き直す。丸木夫妻が「原爆の図」第1部・幽霊を仕上げたのは１９５０年だった。

「まるで地獄じゃ、ゆうれいの行列じゃ、火の海じゃ。鬼の姿が見えぬから、この世の事とは思うたが」。同じ年にそう書いている。原爆の数日後に夫妻は広島を訪れていた。

だが展覧会では当初、「誇張だ」「なぜ人物が裸なのか」となじられたそうだ。GHQの報道統制で、人々は何も知らなかった。被爆者が言った。「誇張とはなんだ。わしの娘は魚が焦げたみたいになって死んどった」。真実はもっとひどい、もっと描いてくれ。声に押され、第15部まで続けた。

一連の作品はいまや、被爆の実相をおもう時の原風景のひとつだろう。歳月を経て傷んだ第1部の修復が、今夏終わった。埼玉県の丸木美術館で前に立った。異様な力が迫り、苦しいのに目を離せない。言葉を探す。いや、その前に心に焼き付けろ。絵が命じる。

無言の対話をしつつ、思いは過去と現代を行き来した。こともあろうに、広島の名を冠した文書で、G7の首脳たちは核抑止論を展開した。核兵器のむごさが、本当のところは分からなかったとみえる。

「原爆の図」第3部の前へ行くと、火葬前の遺体の山が描かれていた。折り重なった脚の間から、一つだけの眼《め》がこちらをにらむ。お前たちは、まだ核を捨てられぬのか――。現代を射抜くまなざしだった。

エルマーのぼうけん60年　8・7

りゅうの子どもを助けに行った少年エルマーは、おなかぺこぺこの7匹のトラに囲まれてしまう。ひらめいた。チューインガムを取り出し、こう言ってうまく逃れる。緑色になるまでかんで地面にまけば、ガムがはえてきますよ、さあさあ、はやいものがち。

子どもは生来の冒険好きだ。米国生まれの児童書『エルマーのぼうけん』に出会えば、それに本好きが加わる。エルマーがリュックに入れた棒つきキャンディーに歯ブラシ、違った色のリボン。寄せ集めの品がどう役立つか。わくわくしてページをめくった、かつての少年少女も少なくないだろう。

幼い頃、兄の部屋にこっそり忍び込んでは、作中の地図に見入った。わが子の本棚にも、以前買った3冊セットがある。ロングセラーの日本語版は、今夏で刊行60年を迎え、累計770万部にのぼるそうだ。なるほど親子でお世話になるわけだ。

訳したのは、絵本『しょうぼうじどうしゃ　じぷた』も書いた児童文学者の渡辺茂男さん。米図書館で働いている時にエルマーにめぐりあった。1冊だけ日本へのお土産に持ち帰ったのが、

2023・8月

全ての始まりとなった。

翻訳のにおいがしないように、原稿を音読しては文章を直した、と著書でふり返っている。「それからの子どもの本の仕事に、たいそう役立つ勉強になりました」

かけがえのない1冊が、のちの人生をつくる。それは読む側の体験でもある。出会いは、この夏かもしれない。ねえエルマー、どの本をリュックに入れようか。

30年前の夏　8・8

30年前、日本列島は低温と長雨に見舞われて記録的な冷夏となった。凶作と不況が影を落とすなか、政治が大きく動く。総選挙で過半数割れした自民党が結党以来、初めて政権の座から降りた。8党派連立の細川内閣が発足したのは1993年8月9日のことである。

「一つの時代が終わりを告げ（中略）21世紀へ向けた新しい時代が今、幕開きつつあることを明確に宣言したい」。首相に就任した細川護熙氏の演説を読み、当時の空気を思い出した。世界で東西冷戦が終わり、日本では55年体制が終わった。何かが変わる予感がした。

細川内閣で最も印象が強いのは、衆院選を小選挙区比例代表並立制に変えた政治改革だ。リクルート事件など「政治とカネ」問題の原因は、一つの選挙区で複数の議員を選ぶ中選挙区制だといわれた。小選挙区にすれば2大政党化が進み、政権交代がしやすくなるとも。

現実はどうか。選挙がらみの買収事件などは後を絶たず、最近も洋上風力発電をめぐり衆院議員と業者の癒着が疑われている。政権も一時的に交代したものの野党はバラバラ、自民1強になって久しい。

民意が多様化する時代に、2極では受け止めきれないとも感じる。小選挙区制の英国でも、環境保護などを求める声を反映したいと変化がみられる。世論調査では45%が比例代表制を支持し、現行制度の28%を上回った。

細川政権は結局、内紛続きで263日しか続かなかった。あの冷夏にほの見えた変化の予感は、幻だったのか。

石を置く　8・9

手のひらほどの白い石に、黒い文字が記されていた。〈私はディック・ヘイン　1912―1945〉。今年5月、長崎原爆資料館の前で外国人捕虜を追悼する記念碑の除幕式が行われた。

平和、友情、自由と刻まれた碑の上で献花に埋もれるように、その石があった。

置いたのは、オランダ人のアネッテ・スペイヤースさん(57)だ。祖父ヘインさんは、オランダの植民地だったインドネシアで働いていた。現地で招集されて日本軍の捕虜になり、長崎市内にあった福岡俘虜《ふりょ》収容所の第14分所へ送られた。終戦の5カ月前に肺炎で亡くなった。

アネッテさんの母親はヘインさんの娘だ。86歳のいまも健在だが、高齢で訪日はかなわなかった。このため、ヘインさんの名を記した石を置いてほしいとアネッテさんに託したという。

第14分所は爆心地から1・7キロにあった。原爆投下時には約200人の捕虜がおり、8人が犠牲になった。赤痢や肺炎などで終戦までに亡くなったのは100人を超える。戦後70年のころ、第14分所の追悼碑を建てようと遺族らが呼びかけ始めた。

日本側で奔走した朝長万左男《ともながまさお》さん(80)は、2歳で被爆した。原爆は敵味方を選ばず、その地にいた者を殺し傷つけた。折り鶴を施した記念碑に「核兵器は必ずなくさなければいけない」との思いを新たにしたという。

山に墓前に、人は太古の昔から石を置いてきた。道標や慰霊、連帯などを意味すると考えられている。78年分の思いを込めた石が、長崎に置かれた。

サイバー犯罪いまむかし　8・10

西暦2000年を迎えた時にコンピューターが誤作動するのではないかと、懸念された時代があった。「Y2K問題」と呼ばれ、企業などは準備や訓練に追われた。無事に年を越した4カ月後、かつてない規模と速さで広まるコンピューターウイルスに世界が揺れた。

電子メールの添付ファイル名は「あなた宛てのラブレター」。開くとパスワードが盗まれ、知人や友達へウイルスがばらまかれた。米国防総省や英国議会を含む4500万台を感染させた「アイラブユー・ウイルス」である。

作成したのはフィリピンの専門学校生で、当時は国内に関連法がなく不起訴処分に。動機を聞こうと、半年かけて青年を捜し出した。14歳でパソコンを組み立てた。他のハッカーに披露したくて外へ流した。だまされたのはみんな愛が欲しいから。淡々と話すのに驚いた。

あれから23年。日本とインドネシアの警察当局が一昨日、国際的なフィッシング詐欺事件の共同摘発を発表した。使われたツールは当時17歳のインドネシアの少年がつくったという。プログラミングに没頭した幼少期や犯罪意識に欠ける姿が、フィリピンの青年に重なる。

警察庁によると、今年前半のネットバンキングの不正送金被害が過去最多だという。先月には、データを人質に身代金を要求するサイバー攻撃で、名古屋港のコンテナ搬出入が停止した。

ネットでつながる世界は突然、脆弱《ぜいじゃく》になり得る。危機に陥った時、若い「天才」が貢献できる社会にできないものか。

キセル　8・11

九州に向かう少年が「寝過ごした」と示したのは、不自然なきっぷだった。ベテラン車掌長は、運賃をごまかすキセルと見抜く。規則通り当局に突き出すか。子どもだからと大目に見るか。大人たちの意見は割れる。

池田邦彦さんの漫画『カレチ』は、巨額赤字にもがく昭和の旧国鉄を描いた。優しい若手車掌が、そしらぬ顔の少年にささやく。「この車両だけどね、遠からずなくなってしまう。よく考えてみてほしい」。気づいてもらいたい。キミも鉄道を支えている一員だよ、と。

今年の夏、九州の玄関口でキセルが問題となっている。JR小倉駅の券売機では、隣駅までの大人用170円券が1日300枚売れる。しかし実際に一駅で降りるのは30人。じつに9割が、不正に乗っている可能性があるというから驚く。

改札から駅員は消え、車掌のいない列車は増えた。無人駅は全体の半数に迫る。ＪＲ各社の止まらぬ合理化が、乗客との心のすきまを広げてはいなかったか。小倉駅はこのきっぷの販売を一時、対面に限った。

《人に翼の汽車の恩》。かつて鉄道唱歌がうたったように、張り巡らされたレールは列島をぐっと縮めてくれた。でも、多くの地方路線で廃止が叫ばれ、いまや維持は容易でない。私たち乗客もまた、どう支えていくか問われている。

漫画の世界では、合理化の嵐でも鉄路への情熱が絶えることはなかった。この夏休みも駅のホームは心躍らせる子どもであふれる。明日の汽笛が、キミに聞こえるだろうか。

熱波に名前は必要か　8・12

今年の夏も日本に限らず、世界中が酷暑にあえいでいる。水分摂取や外出自粛を呼びかけても、熱中症などで命を落とす人が後を絶たない。この危険な暑さに対する市民の意識を高めようと、欧米などで熱波に名前を付けようという動きがあるそうだ。

すでに命名されたなかでは、各地で40度超えを記録したイタリアの例が目を引く。中世の詩人ダンテの叙事詩『神曲』地獄篇《へん》から選ばれ、最初の熱波はケルベロスだった。三つの頭を持つ犬に似た怪物で血走った目が暑苦しい。次はカロンといい、冥界にある大きな川の渡守である。どちらも名付け親は、地元の大手気象サイトの創設者だ。大の古典好きで、「酷暑で地獄の炎を連想した」のだとか。だが、実はイタリアでは空軍が気象に関する公的な責任者だ。「効果もないのに民間企業が勝手に命名した」と批判している。

世界気象機関は昨秋、熱波の命名に関して考察を出した。気象学や公共政策、公衆衛生の専門家らが議論し、関心が高まることや、過去の惨事を思い出しやすいことなどを利点に挙げた。

一方で、台風などと比べると熱波の強さは定義しにくく、年齢や持病の有無などで影響が異なるとも指摘された。まずは各国が出す警報・注意報の評価やデータ集めを優先するとして、名前を付けるのは見送られた。

台風を番号で呼ぶ日本からみると、気象現象の名前と聞いてもピンと来ない。調べてみたら、台風6号にはカーヌン、7号にはランという名前が付いていた。

御巣鷹の尾根で　8・13

早朝の山に降る雨は、夏とは思えないほど冷たかった。緑の木々から落ちる水滴がパシパシと音をたてて帽子を打つ。寒さで体が震えた。諦めて帰るか。もう少しねばるか。山道にひとり、立ち続けた。

１９９０年8月、５２０人が亡くなった日本航空１２３便の墜落事故から、ちょうど5年後のことだ。墜落現場である群馬県上野村の「御巣鷹の尾根」に私はいた。入社半年の新人記者だった。事故で家族を失った生存者の女性が人目を避け、ひそかに慰霊に来ると聞いて、待っていた。

少し雨が弱まったかと思ったときだ。目の前に登山服姿の数人が現れた。近づこうとすると「やめろ」。日航社員の男性に阻止され、怒鳴られた。「この人はとても悲しい思いをした。なぜ、悲しみを増やすんだ」。怒りに血走った目だった。

私も必死だった。航空会社こそ、不幸を生んだ元ではないか。悲劇を繰り返さないためにも取材させて欲しい。青臭い言葉が出かかったとき、ちらりと女性がこちらを見た。ドンッと、体ごと吹き飛ばされた気がした。何とも言えぬ、苦しみに満ちた目がそこにあった。

2023・8月

あれから幾度となく思い出し、いまも自問を続けている。お前の取材は、誰かを悲しませていないか、それでもするべき取材なのか、と。

「尾根はたくさんの涙を受け止めて、優しい山になった」。遺族のそんな言葉を本紙で読んだ。なぜか、涙が止まらない。先週、33年ぶりに御巣鷹に登った。誰もいない尾根に立ち、深く頭《こうべ》を垂れた。

きょう終戦の日　8・15

あれは小学5年生だったか。担任の栗原先生が一度だけ戦争の話をしてくれた。生まれ育ったサイパンに、9歳のとき米軍が上陸してきた。先生は、家族とジャングルの洞窟へ逃げ込んだ。飢えと渇きで眠れない。12日目だ。「ミソアリマス、デテコイ」。気がつくと、銃を構えた米兵たちが入り口にいた。

水あります、が片言でなまった。のどが渇いているのに味噌《みそ》なんて、とだれも動かない。呼びかけは延々と繰り返された。ついに母が「死ぬ時はみな一緒」と投降を促す。朝から水を探しに出ていた父は、たぶん米軍に撃たれ、永遠に戻らなかった。

子どもは時に残酷だ。「ミソアリマス」は、クラスの男子のはやり言葉になった。でもおかげで、40年たってもあの授業は忘れない。先の大戦で、玉砕の島サイパンでは、民間人を含む5万人超が命を落とした。戦争はむごい。

戦後78年がたち、戦争体験を語り継ぐことはいよいよ難しい。だが道はある、と信じている。「ズッコケ三人組」シリーズの筆者で、広島で被爆した那須《なす》正幹《まさもと》さんは「民話」として残そうと提唱していた。

それが笑いや怪談の衣をまとってもいい、と。民話は核心を変えずに広く伝わっていく。「自分で語る時、その人は体験者と一体化する。二度と戦争を起こしてはいけないという気持ちになるはずです」

那須さんは言う。「大切なのは、誰かに聞いた短い話でいいから自分の口で語ることです」。だから、先生から預かった話を皆さんにお渡しする。

お盆を襲った台風7号　8・16

紀伊山地は急峻《きゅうしゅん》なことで知られる。だがその真ん中にある十津川郷では、かつてもっと谷が深かった。山肌をぬう道から石を落とすと、ドボンと川面が鳴るまでにたばこが一服できる。そんな笑い話があったそうだ。地形が一変したのは、1889年8月である。

台風で崩れた山々が谷を埋め、家屋を押し流し、川をせき止めた土砂ダムがいくつも生まれた。「一郷の過半が自然のかけらぐるみ流されてしまった」と司馬遼太郎は『街道をゆく』で書く。新天地を求めた人々でつくったのが、北海道の新十津川町である。

きのう台風7号が紀伊半島に上陸した。和歌山、奈良などは昼までに大量の雨に襲われ、膨れあがった河川が下流に押し寄せた。その光景だけでも呼吸が浅くなるような思いをしたが、被害はさらに広がった。

鳥取ではダムが緊急放流され、避難が呼びかけられた。竜巻で転がった車や倒れた街路樹。テレビの前で、各地の映像から目を離せずにいた。ふるさとで過ごすはずだった方々は、やるせない限りだろう。何もお盆休みの真ん中を狙い撃ちしなくても。恨み節が聞こえてきそうだった。

のろのろ台風は1日かけて日本海へ抜けた。とはいえ、川は時間がたって増水することがある。まだ注意が必要だ。

日本では、年平均で三つの台風が上陸するという。今年の上陸は7号が初。無事だった地域も、今後の備えをしておくに越したことはあるまい。猛暑に台風に、と備えるべきことが少々ありすぎる気もするが。

戦後はいつ始まったのか　8・17

戦後はいつ始まったのか。8月15日を境にして、というのがもちろん一つの答えであろう。皇居前広場で人々は涙を垂れ、家のランプから灯火管制の黒い布が取り去られる。戦時から戦後へ。死の恐怖から逃れ、暮らしも価値観も一新されたイメージだ。だが、ことがそう単純であるはずがない。

「日本無条件降伏ノ状況ラジオニテ一般ニ聴取サス」。沖縄・久米島でも玉音放送は15日に流れた。当時の警防団の日誌に記されている。惨劇は、そのあと起きた。

山中に潜み続けていた日本軍は18日、島民の仲村渠明勇《なかんだかりめいゆう》さんと妻、1歳の子を殺し、家もろとも焼いた。すでに捕虜になっていた仲村渠さんが「米軍は危害を加えない」と、住民に投降を呼びかけていたのをスパイと決めつけた。非道のかぎりである。

北に眼《め》を転ずれば、22日には樺太からの引き揚げ船がソ連に攻撃された。犠牲者は約1700人。遺体が北海道に流れ着いた。満蒙開拓団、シベリア抑留者。はたして「戦後」はいつ始まったのか。

2023・8月

〈戦争が廊下の奥に立つてゐた〉。渡辺白泉の有名な句だ。気がついた時には、それは驚くほど身近に迫っている。急速に膨らんで、あらゆるものを破壊する。そして、過ぎ去った後もすぐには混乱が収まらない。陳腐なたとえだが、戦争とは嵐のようなものだ。

いわゆる「戦後」にも、多くの命が失われたことを忘れたくはない。白泉はこうも詠んでいる。〈玉音を理解せし者前に出よ〉。久米島の兵に聞かせたい一句である。

岸田首相が買った本　8・18

夏休みの前には、気になっていた本を買いだめしたくなる。自宅でじっくりと。あるいは旅の友に。買った後を想像しながら選ぶのは、じつに楽しい。岸田文雄首相もそんな気分だったか。東京の書店で10冊ほど買ったという記事が先日あった。購入した一部が記されていた。

たとえば『地図でスッと頭に入る世界の資源と争奪戦』や『まるわかりＣｈａｔＧＰＴ＆生成ＡＩ』だ。わかりやすさを売りにした入門書だが、やぼは言うまい。首相といえども、すべての分野に精通できるわけではなかろう。

気にかかったのは『アマテラスの暗号』という1冊である。買い求めて、中身に目を丸くさせられた。伊勢神宮にまつられているのはアマテラスであり、同時にキリストである。古代日本の礎を築いた主役は、渡来したユダヤ人である。そんな説が、ミステリーの形を借りながら「歴史」として語られている。

著者の伊勢谷武氏のあとがきがある。「学校やメディアは、古代史や近現代史の多くについて意図的に事実を曲げ真実を隠している」そうだ。

むろん、どんな本を読もうと自由だ。店頭で、たまたま目にとまっただけなのかもしれない。だが短い休みの相棒として、一国の総理は、はたしてどこに興味を引かれたのか。少々不安になる。きのう首相は羽田空港を発って、米国へと向かった。日米韓の首脳会談で得点をかせぎ、政権の浮揚へつなげたいに違いない。往復には約27時間かかる。機内ではさて、何を読むのだろうか。

まるごと短歌　8・19

酒を愛した歌人、若山牧水には、もう一つ愛するものがあった。川の流れをさかのぼり、峠を越える。水源から、また新しく小さな瀬が生まれている。そういう光景に出会うと「胸の苦しくなるような歓《よろこ》びを覚える」と、『みなかみ紀行』に書いている。

利根川の最上流にあたる群馬県みなかみ町の名は、この題名からとられた。白い雲、緑の山々。夏の美しさが川面にまぶしい町である。ここで先月、「まるごと短歌」という試みがあり、訪れてみた。

地図を頼りに、あちこちに掲げられたQRコードを探す。読みとると、目の前を描き出した短歌が示される。歌人の大森静佳さんが招かれて詠んだ16首だ。〈ああ、ここの風は甘いと言ったとき駒形山の馬が振り向く〉

初めての風物に目を奪われながら、のんびりと、でも汗だくになって一つひとつ集めた。宝探しの楽しさだ。小さな神社には、こうあった。〈杉の影伸びたるここに踏み入れば遠き約束のようにすずしい〉

地元では当たり前の光景も、光の当て方を変えれば、埋もれた魅力が浮かび上がる。主催した地元の篠原香代さん(46)は「みなかみを短歌のまちにしたいんです」と夢を語った。

紀行の旅で、牧水は歌の同人をみなかみに訪ねた。家には机もない。どこで歌をつくるのかと尋ねると「何処《どこ》という事もありません、山ででも野良ででも作ります」。文化の土壌が積もり続けてきた地なのだろう。短歌をつうじた街おこしという、新しい小さな瀬が生まれている。

1965年のパラドックス　8・20

その「18歳の少女」は聴衆の心をわしづかみにしたらしい。1965年8月15日、東京で開かれた集会で泣きながらこう語った。私には何もわからない。でも、罪のない子どもたちが殺されるのが我慢できない。平和しか知らない現代っ子に、戦争のむごたらしさをもっと知らせてほしい。

戦後20年の節目に加え、ベトナム反戦で平和運動が盛り上がった時代だ。文化人や市民団体が様々な集会を開くなか、大学生の「一気に噴き出すような爆発的な感想の洪水」は新鮮な驚きと感動を呼んだ。手ぬぐいで涙をふく人もいたという(『現代タレントロジー』)。

同じ集会で彼女の後に一般席から立ち上がったのは、政治学者の丸山真男だった。「個人的な話をすることは、私の個人的な趣味に合わないが」と前置きをして語り始めた。その体験談に聴衆はまた驚くことになる。

母親は終戦の日に亡くなった。自分は当時、広島・宇品の陸軍船舶司令部にいて死に目に会えなかった。原爆投下時は約4キロのところにいたが、高塔が爆風をさえぎったために生き残った。

2023・8月

爆心地近辺をさまよい歩いた。

丸山が被爆体験を公言したのは初めてだった。96年に亡くなるまで著作にも残していない。講演録は後に『二十世紀最大のパラドックス』と題されたが、メモをみるとある程度の準備はしていたようだ。でも、なぜ急に語る気になったのだろう。

毎年8月になると、聞いてみたかったと思う。あの日、同じ場所にいたまっすぐな若者のことを。

像に重ねた父の顔　8・21

盛夏の長崎に、日本二十六聖人殉教記念碑を訪ねた。426年前、秀吉の禁教令で26人が処刑された地だ。急な坂道を上ると、殉教者のブロンズ像が並ぶ記念碑が見えた。一番右がフランシスコ吉《きち》。京都の大工で、長崎への道中に自ら望んで殉教者に加えられたと伝わる。

つくったのは戦後を代表する彫刻家の舟越保武で、1962年の完成まで4年半をかけた。文献を調べ、芸術家生命を賭ける覚悟で没頭したという。「断腸記」と題した随筆で、フランシスコ吉への特別な思いを書いている。

この聖人像には20番目に取り組んだ。完成したとき、30年前に亡くなった自分の父に顔が似ていると気づいて涙が流れたという。岩手出身の熱心なカトリック信者だった父に、生前は激しく反抗した。その罪悪感と悼む心が、像を似せたのではないかと自己分析している。

なぜフランシスコ吉だったのだろう。炎天下で汗をふきつつ、右端の像を眺めて考えた。手を合わせて祈る表情は、どこまでも穏やかだ。後から追加されたという特殊な事情が作り手の心に残ったのか。

舟越の長女の末盛千枝子さん(82)は、作品を送り出した後の光景を覚えているという。「がらんとしたアトリエで、父が母の着物にエニシダの絵を描いた。除幕式で着られるようにと。心血注いだ特別な作品でした」

舟越が亡くなったのは21年前の2月5日で、聖人の処刑日と同じだった。長崎では毎年その日、殉教記念ミサのために多くの人々が記念碑の前に集う。

処理水の海洋放出　8・22

たっぷりのお湯で、そうめんの束をゆでる。ざるに受け、水で冷やして、スッとする。まさに水を食すが如《ごと》く、涼しげな味わいに舌鼓を打った。夏の季節に惜しみなく水を使う、この国の食文化は何とも贅沢《ぜいたく》である。

世界を見れば、水を捨てる行為への感覚は異なる。福島第一原発の処理水について、中国政府は「安全ならば、海に流す必要はない」などと、放出に反対している。安全な水なら、捨てずに使い道があるだろうと言いたいらしい。

水不足に悩む国では通用するかもしれないが、ひどく乱暴な主張である。外交カードにしようとの意図も明白であり、ため息が出る。ただ、近く放出を始めようとしている日本政府の姿勢も、そんなに胸を張れるものには思えない。

いまも、気の遠くなるほどの大量の地下水や雨水が原発内に入り込み、放射能に汚染されている。処理水をこれ以上、ため続けるわけにはいかない。その一点の事情に無理やり押されての放出である。

こんな悲惨な状況を「アンダーコントロール」と言い切った、かつての首相の気が知れない。原発事故は修復できないほど、豊かな自然を破壊する。廃炉の道筋も一向に立っていない。それでいて、なし崩しに各地で再稼働の話が進むのも理解しがたい。

漁業にかかわる人たちは、放出への不安を口にしている。政府と東電は「関係者の理解」なしには行わないと言ってきた。話が違うではないか。それもこれも一緒くたにして、水に流されてはたまらない。

シベリア抑留と香月泰男　8・23

半世紀前に亡くなった画家、香月泰男《かづきやすお》さんの代表作に「1945」がある。人間が地面に横たわっているように見える油絵だ。手は後ろに回し、顔の表情はよく分からない。体には何か無数の線が引かれている。

31歳で徴兵された香月さんは旧満州で終戦を迎えた。列車でソ連に移送される際、線路わきにあった日本人の遺体が目に入った。それが後に作品のモチーフとなる。リンチを受けたらしく、ひどく傷ついていた。肌は赤く、しまの模様があったという。

気づきがあったのは2年間の抑留を経て、帰国した後だった。原爆による黒い遺体の写真を見て、思った。広島の死は「無辜《むこ》の民の死」である。では、満州での死は何か。侵略への贖罪《しょくざい》を求められた「加害者のあがなわされた死」ではなかったか。

赤い死と黒い死。それは、あの戦争で、多くの日本人が担うことを強いられた、加害と被害という、二つの顔の象徴に違いない。評論家の立花隆さんが聞き取りをした著書『私のシベリヤ』

で、香月さんはそう語っている。

赤と黒はときに混ざり、重なった。「私たちシベリヤ抑留者も、いってみれば生きながら赤い屍体《したい》にさせられたのだ」。戦争と抑留の意味を悩み続けた画家だった。この夏、その画集を手にし、見入った。

きょう8月23日は、78年前、スターリンが日本人捕虜を極東に移送するよう命じた日である。およそ57万人が寒さや飢えや重労働に苦しみ、5万人以上が死亡した。正確な数はいまも、分かっていない。

30万件のファクス脅迫　8・24

一枚一枚、用紙がつまらぬように手でつかみ、トレーに入れてボタンを押す。ジー、ガガガガ。きちんと相手先まで届いたか。念のため、電話での確認もお忘れなく。そんな古き時代のファクス送信を知る身としては、何とも驚きの事件である。

「爆弾が起爆して大学諸共ポアナリ」。全国の大学や高校などに、爆破や殺害の予告ファクスが送られた事件で、東京農工大の大学院生ら2人が逮捕された。数にして、30万件以上というから尋常でない。

異様なのは、2人が動機について「恒心教《こうしんきょう》を広めたいと思った」と話していることだ。何かの宗教かと思えば、違うらしい。ネット空間の歪《ゆが》んだ闇でつながりあう、特定の人たちを指す呼び名だという。

小欄が事件を取り上げること自体が、愉快犯を喜ばせるようなことにはならないか。正直言って、逡巡《しゅんじゅん》しながら書いている。ただ、多くの学校で授業が取りやめになり、多くの人が振り回された。もはや、いたずらのレベルではない。これは重大な犯罪だとしっかり指弾しておきたい。

恒心教の攻撃対象となってきた弁護士は、殺害予告をしてきた若者と会ったときのことを著書に記している。理由を問う弁護士に対し、ネット上で注目されるからだと若者は答えたという。

「その瞬間は楽しくて、嫌なことを忘れられた」

逮捕された大学院生らはコンピューターの技術を学んでいた。その能力を別にいかし、なぜ、もっと楽しいことを見つけられなかったのだろう。残念でならない。

ロシアのけんかいうたら　8・25

「わしらどこで道、間違えたんかのう」。昭和を代表する名作映画『仁義なき戦い』シリーズで、松方弘樹さん演じるやくざが自らの半生を振り返り、静かにつぶやく。そのきつい広島弁がなぜか、遠くロシアの方から聞こえてきたような気がした。

ワグネルの創設者、プリゴジン氏が乗ったとみられるジェット機が墜落した。撃墜されたとの見方もある。ナゾに満ちた突然の反乱宣言から2カ月。粛清の可能性が取りざたされている。

事実関係はよく分からない。だが、「広島のけんかいうたら、とるかとられるかの二つしかありゃせん」との名セリフが、どうしても頭に浮かんでしまう。ロシアではこれまでも、裏切り者とされた元将校らが次々と、不審な死を遂げてきたからだ。

プーチン氏の料理人と呼ばれたプリゴジン氏は、政権が表に出られない、汚れ役の軍事工作を担ってきたと言われる。反乱の後、手打ちがあったとも見られていた。ところが、実際は「調子に乗りやがって、ええ加減にせえよ」ということだったか。

反逆、裏切り、粛清……。まるで謀略が張り巡らされた時代への回帰のようで、恐ろしくなる。

いやいや、例えるべきは皇帝の寵愛《ちょうあい》を競う宦官《かんがん》たちの争いか、あるいはマフィアの抗争か。

ロシアのウクライナ侵攻から1年半。モスクワの中枢ではいま、いったい何が起きているのだろう。「わしらの時代は終わったんじゃやけぇ」。プーチン氏本人から、悔恨を込めた、そんな言葉が聞けるのはいつの日か。

私はなぜ、生まれたのか　8・26

「私はロサンゼルスで、間違ってできた子どもです」。茶色の巻き毛を大きく揺らしながら若い女性が叫ぶように言った。「いまの望みは、死ぬとき、私が生まれたのは間違いじゃなかったと思えることです」

しばらく前に横浜で、『ジャスミンタウン』という舞台を観《み》たときの話だ。多様な生い立ちの老若男女が、脚本でなく、自分の言葉で自分を語る、不思議な試みだった。この人は何者か。女性のことが気になり、後日、取材を申し込んだ。

彼女は早稲田大の学生だった。名前は圷恵麻《あくつえま》さん(19)。母親は日本人で、父親はアフリカ系とドイツ系のミックスの米国人だ。大阪で育ち、高校でシカゴに移った。日本の学校では「私みたいな見た目の子」は一人だけ。米国では英語ができず、どちらでも異質だった。

母親が妊娠当初、自分を産むつもりでなかったと知ったのは10歳のころだ。家族が口論をしていたとき、おそらく彼女がいるのを忘れたのだろう。ポロッと漏れた過去の事実に「あっと思いました」。

「私は私」。そう思ってきた。いじめを受けたことは「ない」。でも、舞台に立ったら、ためた思いがあふれ出た。「なんでだろう。自分に価値があって欲しいと思ったからかな」。困ったような笑顔で、彼女は言った。

なぜ、この世に生まれたのか。悩み続けている若者がいる。将来は、動物たちを救う仕事をしたいと思っている。その夢はきっと、かなうに違いない。間違って生まれてきた人など、どこにもいない。

「寄り添う」という欺瞞　8・27

沖縄・辺野古の埋め立てを、政府が2018年に始める少し前のことだ。朝日歌壇にこんな歌が載った。〈沖縄の民の意思を汲《く》まずして寄り添うというは如何《いか》なる策か〉南條憲二。悲しいかな、「沖縄」を「福島」に変えて、いま歌はそのまま成り立つ。

ふり返れば岸田文雄首相は先週、東電福島第一原発を訪れ、漁業関係者らの懸念に「継続的に寄り添って対応していく」と語っていた。その4日後に処理水は海へ放出された。

国際原子力機関が報告したように、放出計画は科学的には安全基準を満たすものなのだろう。とはいえ「関係者の理解なしにはいかなる処分も行わない」と文書を交わしたのは、他ならぬ自民党政権である。約束を承知のうえで、放出という政治的決断を下すなら、せめて相応の進め方があって然《しか》るべきだ。

なのに、誰も「申し訳ない」と地元でわびもしない。首相は福島まで行って、漁業関係者の声も聞かずに帰る。それでいて「寄り添う」と平然と口にして恥じない。地元から「一定の理解を得た」と、閣僚も言う。つまりは政治に情がない。

かつて自民党の野中広務元官房長官は、沖縄に米軍基地の負担を強いることについて、地元の新米県議に「すまん。許してくれ」と頭を下げた。寄り添う、とはそうした姿勢の先に初めて生まれてくる言葉であろう。

約束を果たさずにわびもしない。そんな首相に、被災地の漁業の未来について「全責任をもって対応する」と力まれても、信じられるはずがない。

高史明さんを思う夏　8・28

きみの学校の夏休みもそろそろ終わりでしょうか。きょうはセミ時雨のなか、今夏に亡くなった在日朝鮮人の作家、高史明《コサミョン》さんを思い出しています。高さんにはひとり息子がいました。12歳の真史《まさふみ》くん。彼は詩を書いていた。〈ひとり／ただくずれさるのを／まつだけ〉ちょっと背伸びした、でも繊細な感じは、きみとそっくりです。〈ぼくだけは／ぜったいにしなない／なぜならば／ぼくは／じぶんじしんだから〉。そして命を絶ってしまった。50年近く前の夏です。

悲しみの中、高さんは詩を集めて『ぼくは12歳』として出版しました。多くの中高生から、彼のつらさがわかると手紙が来ました。寄り添う心のありがたさ。息子を理解できなかった悔しさ。二つを抱きしめて高さんは言います。それでも死んではいけない、と。

家を訪ねてきた子に話したそうです。頭が「死にたい」と告げても、手足にも相談しないといけないよ。足の裏をよく洗って、返事が聞こえてくるまで歩いてみるんだ――。

学校の光景が浮かび胸が苦しくなる。そんなことが心の優しいきみにもあるのかも、と思ってこれを書いています。誰かに相談を、と言っても、簡単に出来るなら悩みはしないでしょう。ならば1編の詩を読むのでもいい。作者が時代をこえて、対話の相手になることはあるのです。

高さんは書いています。「淋《さび》しいこころの持主《もちぬし》が、いま一人の淋しいこころの持主と出会うなら、その二人は、もはや淋しい一人ではないのである」

はるかなる月　8・29

儒学者の父に抱かれた幼児が夜空を見上げて尋ねる。「月より高いものはあるの?」。太陽は月より高く、星は太陽より高い。父がそう答えると、では星より高いものはあるかと聞いたという。江戸時代の天文学者、麻田剛立《ごうりゅう》は幼少時から月や太陽に強い興味を示した。

その名が知られたきっかけは、260年前の9月1日に起きた日食だ。幕府の暦にない現象を1年前に予測し、始まった時刻も欠けた時間も「少しも違わなかった」(渡辺敏夫『近世日本科学史と麻田剛立』)。望遠鏡をのぞき、日本最古の月面観測図も描いた。

日本に近代天文学の礎を築いた麻田に師はおらず、独学だったというからすごい。こつこつと観測して理論を裏付け、優秀な弟子らへ惜しまず伝えた。その功績で、月のクレーターの一つは

「アサダ」と名付けられた。

いま、月探査へ熱い視線が注がれている。米ソ冷戦後に下火となったが、火星を視野に入れた米国が再び有人計画を進め、中国やインドが月面着陸を果たした。覇権争いの様相を呈する一方、コストが減り民間企業の参入も相次ぐ。

日本ではきのう、月探査機を搭載した基幹ロケット「H2A」47号機の打ち上げが直前に中止された。度重なる延期は残念だが、上空の強い風のせいだと聞いて思い出した。あの巨大なロケットは繊細な精密機械の塊だったと。

夜空を仰ぐと、明後日に満月を控えた月がだいぶ丸い。あそこを人が競って目指す日が来るとは、麻田は考えもしなかっただろう。

ジャニーズ事務所への提言　8・30

数々の疑惑や漠然と感じていた異常性が、明確な文字になった。故ジャニー喜多川氏による性加害問題で、「再発防止特別チーム」がきのう公表した調査報告書を読み、そう感じた。同族経営による弊害を指摘し、社長辞任の必要性にまで踏み込んだ。改めて被害者たちの痛み、苦しみを思う。

事務所での性加害は1970年代前半から40年以上にわたった。その原因はジャニー氏の性嗜《し》好《こう》異常や、姉の故メリー氏による放置と隠蔽《いんぺい》にあるとも。このチームに客観的な調査ができるのかとの懸念は不要だったか。

「故人による性加害の確認」という壁を破ったのは、勇気を出した告発者らによる証言だ。今年3月、英BBCのドキュメンタリー番組で複数の元ジャニーズJr.が証言したのを発端に、次々と声が上がり始めた。

番組を見ていたカウアン・オカモトさんは「他人が被害を真面目な口調で語る姿を初めて見た」と自著『ユー。』で書いている。泣きながら語る姿に「僕も、そろそろ覚悟を決めるときじゃないか」と決意する。そして臨んだ会見には国内外の記者が多数集まり、社会の空気が変わった。

今回の報告書では、背景として「マスメディアの沈黙」も挙げられた。正面から取り上げなかったとか、報道を控えたのではないかとの指摘である。真摯《しんし》に受け止めなければいけない。

被害者を救済する制度や人権方針の策定まで含む、重いボールが投げられた。事務所は被害者と向き合い、再発防止策を速やかに進めてほしい。

海に流す　8・31

10年ほど前、インドネシアのジャワ島である光景を見た。正装した地元の漁師ら約50人が、海岸で儀式をしていた。祈りのあと、果物や卵、もち米などを載せた盆を手に一斉に海へ入っていく。「南海の女神」の加護を受けるために海へ流すのだという。

海底宮殿に住む女神は精霊を支配し、怒ると天災などをもたらす。緑色が好きで他者が着るのを嫌うので、漁師は絶対に緑の服で船に乗らないそうだ。時に危険な海への注意を促す知恵なのだろう。波間を漂う供物に、漁村の民俗と風物に触れた思いがした。

福島の漁業民俗を記録した『春を待つ海』を読み、ジャワ島の荘厳な儀式が頭によみがえってふと思った。「海に流す」という行為は、漁師の社会でどんな意味を持つのか。国は違えど、共通する民俗があるのかもしれない。

民俗学者の川島秀一さんは、定年を機に5年前から福島県新地町で漁船の乗組員をしている。原発の処理水放出についても漁師の視点から考察し、科学的な説明とは別の次元から問い直さなければ解決しないと訴える。

海は「ケガレを祓《はら》うために禊《みそぎ》をする清らかな水」でなくてはいけない。波は行き来を繰り返し、海へ流したものは時間をかけて陸から離れる。そうしたとらえ方では、処理をした水でも「疑念を抱くことは、当然であるように思われる」という。

処理水の放出が始まって、きょうで1週間になる。科学的な安全と社会的な安心は異なる。漁業関係者の困惑が、いまは少し違ってみえる。

2023

9月

子どもたちの関東大震災　9・1

夏休みが終わって最初の登校日だった。腹ぺこで帰宅し、昼食を食べていたら——。関東大震災は、東京の尋常小学校に通う子どもたちの日常も一変させた。翌年に出版された『震災記念文集』を読むと、つらい体験の数々に胸が詰まる。飾りがなくつづられた分、恐怖の強さが際立つ。

尋常小1年の女の子は広がる炎から逃げ込んだ先の惨事を書いた。「オマハリサンガイケニハイレトイッタノデ、ミンナイケニハイリマシタ。ソレデサキニハイッタモノハシタニナッテシニマシタ」。母と兄姉を失った。

約3万8千人の犠牲者が出た旧陸軍被服廠《しょう》跡地では、炎の竜巻と呼ばれる旋風に襲われた。「ツムジカゼガキタトキコロガッテシマヒマシタ」（1年女子）。「あたまの上を火柱がぐるぐるまわっています。そこいら中いっぱい人が死んでいました」（3年男子）。

学校が復興する過程もわかる。屋外からテント、バラックへ移行し、給食も始まった。「わたくしはしちゅーがすきです。中のにんじんがきらいです」（3年女子）。

文集ができたきっかけは、大震災の半年後に東京市が開いた展覧会だ。図画などの展示物から、作文だけを学年別にまとめた。著作や講演で紹介している東京学芸大名誉教授の石井正己さんは「非常に個人的で、統計からは漏れるが、事実の強さがある。語り継ぐべき貴重な記録だ」と話す。

大震災では10万人以上が亡くなった。生き延びた子どもたちが残した言葉からは、一人ひとりの顔がみえる。

ストもございます　9・2

「三越には、ストもございます」は、1951年に流行した言葉だという。この年の暮れ、百貨店史上初のストライキを三越の労働組合が決行した。終戦からまだ6年のデパートに漂う高級感と豊富な品ぞろえ。その裏で緊張する労使関係までうかがえて秀逸だ。

当時の朝日新聞によると、歳末セール中で営業したい会社側に対し、賃上げや解雇問題で対立した労組は激しく抵抗した。会社側はアルバイトを雇って日本橋など3店舗を開けたが、労組がピケラインを張って客が入れない。

問屋は「入れないと手形が不渡りになる」と案じ、警察は「ピケを解かなければ実力行使する」と警告した。その周辺を平和運動の僧侶らが太鼓をたたいて回る。72年前の記事には「デパートのストらしい風景」とあるが、どうもピンとこない。

思えば70年代のスト全盛期、前日から会社に泊まり込む父親の苦労話を聞いた程度の知識だ。先日、大学生に「ピケラインとは何か」と聞かれて急に年を取った気がしたが、実は日本では見たことがない。

西武池袋本店がおととい、ストで臨時休業した。大手百貨店では61年ぶりと聞き、時の流れを感じた。ストがこれだけ珍しくなると、その印象も世代で異なってくるのではないか。懐かしいと感じるか、なんだこれはと思うか。

ストは憲法で保障された労働者の権利である。迷惑をかけるなどと思わず、不当な扱いを受けたら交渉手段として堂々と行使すれば良いのだ。私たちには、ストもございます。

私はいま、どんな色？　9・3

みなさん、自分を色で例えるならば、何色ですか――。宮崎県にある都城さくら聴覚支援学校の穴見《あなみ》愛椛《あいか》さん(17)は静かにそう、手話で語り始めた。先週末、東京・有楽町であった「全国高校生の手話によるスピーチコンテスト」でのことだ。

小学生のころ、彼女が付き合うのは、ろう学校の友だちばかりだった。手話を、学外の人に見られるのは「恥ずかしい」と思った。色で言えば「漆黒の時代でした」。悲しい表情が手の動きに重なった。

気づきは中学生のときだった。耳の聞こえない、他県の仲間が臆せずに人前で手話を使うのを見た。「かっこよくて、鳥肌が立ちました」。若者の世界はどんどん広がっていく。

高校生になると、大好きな絵を通じて、耳が聞こえる人たちと、音を文字化するスマホ機能で会話する機会もできた。「いまの私の色はグレーです」。いろんな色が混ざった灰色です。将来、その一つ一つを際立たせ、虹色の自分になりたいんです。彼女はそう笑顔で語った。

瑞々《みずみず》しい感性にあふれた、素敵なスピーチだった。ただ、入賞は逃した。きっと彼女はがっかりしているだろう。気になって、学校の先生にメールを出すと、丁寧な返信をいただいた。

発表は楽しくでき、ほかの参加者との交流もできました。「一生思い出に残る宝物です」。そんな穴見さん本人の言葉とともに、彼女の描いた絵が添付されていた。海のような深い青や朝顔のような淡い赤。その絵は何とも繊細で、やさしい色をしていた。

田中正造と秘密投票　9・4

いまでは、いささか想像しがたいことだろう。明治の時代、この国で初めての衆院選が行われたときのことだ。有権者は投票用紙に自らの住所と氏名を明記したうえで、捺印《なついん》もする必要があった。秘密投票の権利など、まるでなかったわけである。

後にこれを改め、無記名投票とする改正法案が議会に出された。意外に思う方もいるかもしれないが、法案に反対した議員の一人が、足尾銅山の鉱毒事件で民衆の先頭に立って闘った、田中正造だった。

理由は何か。正造が常々嘆いていたのは、人々の政治への無関心さだった。「国民が監督を怠れば、治者は盗を為《な》す」。名前を記すことで、有権者に投票への「責任」の意識を強く持ってもらうべきだ、と正造は主張した（小松裕著『田中正造』）。

記名投票にはうなずけないが、正造はそれほどまでに国民の政治参加の意義を重く考えたのだろう。「個人の幸福は集まって国家の利益となる」。そんな言葉も残している。

足尾銅山の閉山から半世紀。きょうは正造の没後１１０年である。その歴史は「最悪の公害」

とさえ言われる福島の原発事故と、その後の原発再稼働の動きとも重なって見える。国益の名の下、個の暮らしの安全が蔑《ないがし》ろにされてはならない。

「真の文明は山を荒らさず、川を荒らさず」。正造の至言は時代を超え、輝きを増す。私たちは、しかと政治に参加しているか。政治家まかせにはしていないか。残暑厳しき初秋の日、不屈の人の声が低く、聞こえた気がした。

辺野古埋め立てで沖縄敗訴　9・5

沖縄県の大田昌秀知事が、最高裁で読みあげる意見書を仕上げたのは、開廷の2時間前だった。司法への期待ゆえだろう。草案に筆を入れつづけ、原稿用紙で173行に及んだ。1996年の米軍基地をめぐる代理署名訴訟でのことだ。

沖縄の歴史を、明治政府による琉球処分にさかのぼって説き、「地元の意志に反して、中央政府の政策が優先的に強行されるありようが、その後も一貫してみられました」と述べた。判決は知事の敗訴だった。

「私は、司法における正当な判断を期待しすぎていたのかもしれない」。著書『沖縄の決断』に残る大田氏のさみしげな述懐を、いま何とも言えぬ気持ちで読み返している。名護市辺野古の埋め立てをめぐる訴訟で、最高裁は県の訴えを退けた。

県による「埋め立て不承認」の内容についても、沖縄の米軍基地の現状についても、判決は一切触れていない。結果は予想されたとはいえ、あまりの冷淡ぶりに驚く。

沖縄の基地負担の重さに本土が目を開くきっかけとなった少女暴行事件が起きたのは、95年のきのう9月4日だった。いや、本当に目を開いたと言えるだろうか。沖縄は当時から「基地は全国で負担すべきである」と訴えてきた。だが事件から28年たっても、米軍専用施設の7割が沖縄に集まる構図は変わらない。

行政・立法・司法という壁に幾重にもとり囲まれて、これまでも願いがかなう兆しは見えなかった。また一枚、その壁が加わった。沖縄の人々とともに、壁の前に立つ。

朝鮮人虐殺の記録　9・6

手垢《てあか》のついた表現はなるべく使わぬように心がけているが、きょうは率直にこう書く。先日の記事には、まったく目を疑った。関東大震災での朝鮮人虐殺について「政府として調査したかぎり、事実関係を把握できる記録が見当たらない」という松野博一官房長官の発言である。

そんなわけがない。たとえば政府がネット上に設けているアジア歴史資料センターでも、当時の司法省の資料は見つけられる。100年前のきょう6日には、埼玉・寄居で具学永《クハギョン》さんが日本刀や竹やりなどを持った人々に殺された、と多くの被害事例の中にある。

「興奮したる民心は（略）順良にして何等《なんら》非行なき者に対しても害を加えた」「寔《まこと》に遺憾とする所なり」。過ちを嘆じる声が聞こえてきそうな、生々しい記述である。

もちろん、当時の資料にも内容の誤りや思い込みはあるだろう。しかし研究者や市民団体がこれまでに集めた証言などと照らし合わせれば、多くの朝鮮人らが虐殺された事実は、いまさら揺るがしようもない。

気づかなかった不明を恥じるが、政府はここ数年、今回と同じ答弁を国会などで繰り返してきたそうだ。虐殺の有無には触れぬまま、「記録がない」とあえて何度も言う。そうして、あたかも歴史的事実があいまいであるかのような印象をばらまく。

じつに危うい。いったい政府は何を守り、どこへ向かおうとしているのか。まだ希薄な、しかし得体《えたい》の知れぬ空気が漂っているようにも思われてならない。うすら寒くなる。

棟方志功生誕120年　9・7

はちまき姿の分厚い丸眼鏡の男は、ベートーベンの第九を口ずさみながら、驚くべきスピードで板を彫りすすんだ。野外でのスケッチでは写真家の土門拳をして、俺のシャッターよりもお前の絵のほうが早いよ、と言わしめた。

版画家・棟方志功《むなかたしこう》である。おととい5日が生誕120年だった。青森の鍛冶《かじ》屋に生まれ、「わだばゴッホになる」と上京した話はあまりに有名だ。記念の展覧会が、いま郷土で開かれている。10月からの東京での開催を前に、ひと足早く訪れた。

仏や神話の人物の像は、原始的な力強さにあふれながら、どこか童心を宿している。女性はあくまでふくよかである。〈志功描く女の顔はいとあやし遊女とも見ゆ菩薩《ぼさつ》とも見ゆ〉小林正一。街にわずかに漂うねぶた祭の余韻には、棟方版画の色鮮やかさの源流を感じた。

本人は30代から「板画」とよんだ。板の声をひたすら聞く。年齢を重ねるにつれ、さらにその先を目指した。言葉を残している。

「自分を忘れ、板刀も板木も忘れ、想《おも》いもこころも、忘れるというよりも無くして仕舞わなくてはならない」。もはや彼我の区別もない。芸術の道に身を燃やし尽くした天才だけが間近にできる悟りの境地である。

無心の姿を、親友の草野心平も見たのだろう。こんな詩をつづっている。「ゴッホになろうとして上京した貧乏青年はしかし／ゴッホにはならずに／世界の／Ｍｕｎａｋａｔａになった（略）そして近視の眼鏡をぎらつかせ／彫る／棟方志功を彫りつける」

京アニ事件の裁判　９・８

過激派が、敵の潜むアパートを吹き飛ばそうと企てる。手塚治虫の代表作『ブラック・ジャック』の一編だ。関係ない住民を巻き込んでも仕方ない、と若いリーダーは言い放つ。だが地下で準備中に爆弾は暴発。自身大けがを負って生死をさまよう。「死ぬのはいやだ」

他人は死んでも平気だが自分は嫌なのかね――。あきれかえりながら腕をふるう天才外科医のおかげで、リーダーは意識を取り戻す。周りで見守るのはアパートの老若男女たち。己の愚かさに気づき、リーダーは嗚咽《おえつ》する。

死の淵に立って初めて命の重さを知ったのか。この男も「二度と声が出ないと思った」と、病院で涙を流したのだという。京都アニメーション放火殺人事件の青葉真司被告である。まき散らしたガソリンで大やけどをしたが、医師たちの懸命の努力で救われた。

ならば、その取り戻した声で、告げるべきことがあるのではないか。遺族や被害者への謝罪のことばである。それが、過ちを犯した人間に出来る、せめてもの償いの一歩だ。

だが、きのう始まった被告人質問でも、その場面はなかった。5日の初公判では起訴内容を認めたうえで、消えいるような声で「やりすぎだった」と述べた。裁判まで4年という歳月を経て、たどりついた思いがそれなのか。

被害者は亡くなった方々だけで36人。公判は来年1月まで続き、遺族の意見陳述もある。踏みにじった一つひとつの命に青葉被告が向き合い、己の愚かさに気づくことを願ってやまない。

秋本真利議員の逮捕　9・9

競走馬の名付け方には、いくつかルールがあるそうだ。まずカタカナで2~9文字であること。過去のG1レースで優勝した馬と同じ名も認められない。逆に言えば、それらを満たせばわりと自由に付けられるらしい。

2006年のG1高松宮記念を制したのは6歳の牡馬《ぼば》、オレハマッテルゼだった。待ってるぜ。歓声に応えて疾駆する姿が見えそうな名前だ。カネタマル、オレノチカラ、イカガナモノカ。記録をめくると、そんな名前も見えて、にやりとさせられる。

東京地検特捜部に逮捕された秋本真利衆院議員らが設立した馬主組合「パープルパッチレーシング」は、パープルブロッサム、パープルビューティなど20頭あまりを擁する。紫のつぎあてという直訳になるパープルパッチには、栄華という意味もあるそうだ。

ただ、栄華どころか馬の購入や交配、えさの管理、出走調整まで秋本議員が1人でやっていたというから驚く。国会議員がどんな趣味を楽しもうと構わぬが、職責を果たしながらそんな時間があるものなのか。どちらが本業のつもりだったのか。

馬仲間である風力発電業者に有利な国会質問をした見返りに、馬の購入費などを業者から出してもらったというのが検察の見立てだ。議員はそうした事実はないと否定している。

そういえば組合にはファルークという名の馬もかつていた。アラビア語では「真実と虚偽を区別する者」という意味もあるという。真実はどちらにあるのか。再エネ利権の解明が待たれる。

フランスとラグビー　9・10

近代五輪の父クーベルタン男爵は、19世紀のフランスでラグビーを普及させた立役者でもある。大流行した英国の学園小説に魅了され、舞台のラグビー校を20歳のときに訪ねた。五輪より早くラグビーに目を付けていたのは興味深い。

当時のフランスは普仏戦争で敗北し、自信を失っていた。誇りを取り戻すため、繁栄する英国から学ぼうとクーベルタンは考えた。同校の教育思想に傾倒し、ラグビーを「教育システムのためのスポーツとして熱心に促進した」（トニー・コリンズ『ラグビーの世界史』）。

かつてラグビー校を取材した際、当時の校長が「無視が規律と勇気を生んだ」と楽しそうに話したのを思い出す。その伝説を記した銘板には、生徒の少年が1823年に「ルールを見事に無視し、初めてボールを抱えて走った」とあった。規律を重んじる競技の起源が規則破りだったのかと驚いた。

4年に1度のラグビーW杯が始まった。開催国フランスはいま、絶好調だ。開幕戦を見ようと午前4時に起き、テレビに張り付いた。ニュージーランドを破った瞬間、競技場の歓喜が画面から伝わってきた。

フランスといえば「シャンパンラグビー」が代名詞だった。ボールを持つと味方が泡のようにわいてくる。素早いパスでつなぐ攻撃的な戦い方だ。昨日の試合では、むしろ巧みなキックが目立った。

ラグビーはプロ化の波などにもまれつつ、世界のファンを引きつけてきた。きょうは日本の初戦。また寝不足の日々が始まった。

色あせた「想定外」 9・12

便利にくり返し使われて、すっかり色あせた感が強い表現に「想定外」がある。元々は率直な驚きを伝える強さをはらんだ言葉だったと思う。でも、もはや言い訳に聞こえる場面も少なくない。ときとして辟易《へきえき》とした気分にもなる。

先週の台風で、茨城県日立市の庁舎が浸水し、停電した。災害に強い建物として新築されていただけに、市長いわく「想定外の出来事でありました」。申し訳ないと思いつつも、正直言って、ああ、またかと感じてしまった。

想定外で思い出すのは、東日本大震災の衝撃の大きさを強く印象づけたことだ。ただ、原発事故での責任を問われた東電の旧経営陣は、この言葉を裁判でも多用した。結果的に、そのことが免罪符の響きを生じさせたように思えてならない。

以来、私たちはいかに多くの想定外を耳にしてきたことか。異常気象が続発するなか、仕方がない面はあるだろう。だが、政治や行政に必要なのは、専門家の予測をふまえたうえで、想像する力である。

災害の話ではないものの、先月の農林水産相には驚いた。原発事故の処理水の放出に対する中国の禁輸措置を「全く想定していなかった」とは……。その発言自体が想定外だ、と言いたくなった方もさぞ多かったろう。

以前の本紙の投書欄には、想定外と逃げるのは、政治家の資質がないと自ら認めるようなものではないか、との厳しい意見が載っていた。ひとびとの安全な暮らしを守る立場の人には、安易に使って欲しくない言葉である。

人はなぜ、老いるのか　9・13

シェークスピアの『リア王』は老いに悩む人の物語である。「わしは今や、統治の大権も、国土の領有も、政務の繁雑も脱ぎ捨てるつもりだ」。年老いた王はそう引退を宣言し、3人の娘に財産を分け与えようとする。

ところが、思い望んだ安寧な老後生活はかなわない。いつの世も、誰にとっても、老いをいかに生きるかは難題のようだ。いったい王は、どうすればよかったのだろうか。

「もしも、リア王にアドバイスするならば、やめろと肩をたたかれるまで、やれ、ですね」。東京大学教授の小林武彦さん(59)は笑顔で言った。老化の研究が専門で『なぜヒトだけが老いるのか』などの著書がある生物学者だ。

そもそも老後は、野生の動物にはない。老いは進化の過程で、生物としてのヒトが手にした特権だという。なるほど、どうしてでしょう。「それはもう明らかに、若い世代を支えるために、シニアの存在が重要だったからですよ」

もちろん、誰もが元気に活躍を続けられるわけではない。病気もあるし、やりすぎれば「老害」と嫌われる。でも、だからといって、隠居を急ぐ必要はあるまい。できる範囲でいい。仕事場で、近所で、家庭で、お年寄りが誰かのためになっている社会であってこそ、若者たちも未来に希望を持てるのでは、と小林さんは説く。

「いかに人らしく生きるかは、老後をどう過ごすかにかかっていると思います」。ヒトは老いて、人になる、か。自らのこれからに思いを巡らせ、しばし腕を組む。

岸田政権の内閣改造　9・14

「変面」は、激辛の中華料理で有名な中国四川省の伝統芸能だ。鮮やかに隈取《くまど》りされた仮面を、役者が瞬時に変えていく。同じ人間なのに、次々と別の顔が現れる様が何とも面白く、庶民に広く愛される技芸である。

20年ほど前、その名人である彭登懐《ポントンホワイ》さんにお会いした。25秒間に14もの顔を変えることができる彭さんに、悩み事は何かと尋ねると、秘芸の伝承だと言っていた。いずこの伝統芸能も課題は同じか。50代の名人の自信に満ちた表情が一瞬、陰ったことを思い出す。

さて、こちらは13の顔が一挙に代わった。岸田政権の内閣改造である。女性5人の入閣が目玉らしいが、資質を問われた閣僚を留任させるなど、首を傾《かし》げる人事も多い。

そもそもなぜ、いま閣僚を代えねばならないのか。首相の狙いは来秋の自民党総裁選のための布陣固めというから、ため息が出る。何と内向きの政治か。目先を変えて支持率を上げようとの思惑もあるらしい。有権者は軽く見られたものである。

世襲政治家の多さも相変わらずで、閣僚の3分の1以上を占めた。政治を家業にしているような人ばかりで国の大事が決まるのでは、危うい限りだ。彼らの目にその祖父や父だけでなく、多様な国民の姿がきちんと見えていることを切に願う。

それもこれも旧態依然、仲間内でしか通用しない政《まつりごと》はいつまで続くのだろう。伝統芸能の秘技伝承でもあるまいし、心配でならない。ちなみに、名人の彭さんは古希を超え、ますます盛んに活動している。

リビアを襲った洪水　9・15

ヒラリー・クリントン氏が米国務長官だったとき、2011年のことだ。「アラブの春」と呼ばれた中東の民主化の動きを受け、42年に及んだリビアのカダフィ政権の独裁は崩壊した。直後に軍用機で首都トリポリ入りした彼女はその体験を、感慨深く回想録に記している。

彼女に強い印象を与えたのは、民主国家を目指す若者の「思慮深さと決意」だった。「言論の自由を根づかせるために、どのような段階を踏めばいいと思われますか」。何人もの学生が真摯《しんし》な質問をぶつけてきたという。

彼女が何と答えたかは回想録に記述がない。おそらく民主化が容易でないと、分かっていたからだろう。「国の将来を形作るのは民兵の武器だろうか、それとも人々の切望だろうか」。そんな感想だけが書かれている。

現実に、リビアは流血と混乱の内戦に陥った。部族や地域が対立し、国際社会の関与も分かれた。いまや国家分裂の危機にある。民主が語られた春の季節は一瞬で過ぎ去り、過酷な夏が居座っているかのようである。

そんな国が、大災害に見舞われた。地中海に面した港町を暴風雨が襲い、ダムが決壊したという。行方不明者1万人との情報に思わず息をのんだ。

遠く北アフリカの地を思う。アラブ圏には「世界は、最後まで耐えている人の側につく」とのことわざがあるそうだ（曽野綾子著『アラブの格言』）。苦しみ、悲嘆にくれる人々にさらなる忍耐を強いるわけにはいかない。何とか支援の手を、届かせたい。早急に。

阪神の18年ぶりの優勝　9・16

「いいです」とはイエスの意味ですか、ノーですか。「よろしくお願いします」って、どう訳せばいいのでしょう。日本語を学ぶ外国人にとっても、日本人自身にとっても、この国の言葉のあいまいさは魅力であると同時に、悩ましい。

あれ、これ、それ、といった指示詞も、線引きは微妙である。英語にはザット、ジス、イットがあるし、韓国語にはチョゴッ、イゴッ、クゴッといった類似の単語があるが、全く同じには訳せない。ものや人の距離の感覚は、文化によって異なるようだ。

話し手同士がともに理解する、離れた所の何かを指すのが、日本語の「あれ」だろう。チームの誰もが遠くに目指した優勝を、何とも微妙に「そらアレよ」と表現した岡田彰布《あきのぶ》監督の言語センスに脱帽する。

阪神タイガースが18年ぶりにリーグ優勝した。ファンのみなさん、おめでとう。監督はもうこれで「アレは封印」と言ったが、今後も度々、耳にしそうだ。

ドンマイ、ラブラブ、ガッツポーズなどに続いて、みんなが使うカタカナ語としても定着するか。不思議に思う外国人には何と説明しよう。あれがなぜ、阪神の優勝なのか。いえいえ、あれはあれではなく、アレなんです。

おとといの夜、興奮に沸く大阪の街を歩いた。アレ万歳の歓喜のなか、「あれれ、あれ、何だっけ?」と物忘れを嘆く人の声が聞こえ、クスッとひとり笑ってしまった。そうそう、思い出せない大事なものも、あれ、である。うまく訳せないのが、歯がゆいけれど。

憲法53条訴訟　9・17

国会が任務を果たすには、絶えず開かれているべきだ。そんな声が、憲法原案を審議していた1946年の帝国議会であがった。通年国会を原則に、との求めである。これに金森徳次郎担当大臣が答えた。

理想はその通り。ただ現実には国会対応で行政が滞る、と。だから「万年議会制度をとらなかった埋め合わせとして、議員の四分の一以上の要求があれば(国会を)開かねばならぬということになっております」。少数派にも意見を述べる機会を、という憲法53条の趣旨である。

今からみれば、議事録のやりとりはじつに清々《すがすが》しい。国民主権の理念を育てようという思いが双方にある。隔世の感と言わざるを得まい。ここ数年、野党から臨時国会の要求があっても、内閣はたなざらしにしてきた。憲法を守る精神があまりに欠けている。

そんな一喝を期待したのが愚かだったのか。53条をめぐる訴訟で、最高裁は憲法判断をせぬまま野党議員らの訴えを退けた。せめてもの救いは、宇賀克也判事の反対意見だ。特段の事情がない限り「(内閣の)かかる対応は違法である」。投じた一石の波が政府に伝わることを願う。

じつは帝国議会では、もし内閣が要求に応じなかったら、との問いもあった。金森氏は「この中に動く人々は、政治道徳の模範ともなるべき人々であろうと思います」。心配には及ばないと。

本当に模範となりうる人々か。司法に期待できるものが少ないとすれば、目をこらすのは、主権者たる私たちの役割である。

絵手紙の小池邦夫さん逝く　9・18

永六輔さんは、はがきの人だった。ラジオ番組に投稿してくれた一人ひとりへ自筆で返す。1日で100通にもなったそうだ。その永さんから「手紙書きのライバル」と言われた人がいた。絵手紙を広めた第一人者、小池邦夫さんである。

道が開けたのは、36歳のとき。個展を目にした編集者の依頼で、季刊誌6万部のすべてに、異なる絵手紙を挟むことになった。1日12時間取り組んで、完成まで1年。「かくことは自分の井戸のボーリング掘りだ」。水脈に達したとき、飾らぬ自分を表現する楽しさを知った。

はがきからはみ出すほど大胆な草花や魚などの絵。添えられた文字はかすれ、行も乱れている。でも、どこかあたたかい。講師となって魅力を伝えた絵手紙はブームとなり、多くの人が初めて筆をとった。

大事なのは書き方ではなく生き方だ。そう強調していた小池さんの作品には宝物のような言葉が並ぶ。「動かなければ出会えない」「昨日の自分をなぞっていては相手に熱は伝わらない」

山梨県の小池邦夫絵手紙美術館で見た柿の絵にはこうあった。「才能がないから書き続けた／五十年が過ぎた／本当の色も味も出ないが／もう少しで自分の実だ／続けよう」。それなのに。小池さんの訃報《ふほう》が先日届いた。享年82。

美術館では折しも公募展が開かれ、全国から寄せられた1168点がすべて掲示されていた。順位はつけない。小池さんがつかんだ核心がある。「ヘタでいい／ヘタがいい／生きて行くことと同じだよ」

＊8月31日死去、82歳

2023・9月

チームのバランス　9・19

永田町には、普通と異なるてんびんが存在するようだ。先週行った内閣改造の人事について岸田文雄首相は「適材適所で、老壮青、男女のバランスとなった」と話した。釣り合いや均衡を意味するバランスはラテン語で「二つの皿」、てんびんが語源とされる。

副大臣と政務官の計54人に女性がゼロだと指摘された首相は、「チームとして人選を行った」と説明した。人事全体をみて欲しいのかと、閣僚と首相補佐官を加えて内訳を数えてみた。まず、男女比は71対7。このてんびんは、大きく傾いている。

スポーツで強いチームは、正選手を目指す控えの層が厚い。女性議員が少ないなら候補者から増やすしかない。英国初の女性首相だったサッチャー氏は「その日を切り抜ける駆け引きより、信念が政治では重要だ」と言ったそうだ。強い意志で育てなければ、チームは強くならない。

将来を担う若手はどうか。78人中、30代は3人だけで、「老壮青」もかなり傾いて見える。派閥や当選回数の分銅で調整したバランスだから、これでいいのだろうか。

閣僚人事では、「女性ならではの感性や共感力」を期待する首相の発言があった。5人の女性大臣には意識せず、自分らしく活躍してほしいと思う。そもそも復興や外交で、どう感性を発揮してもらいたいのかも不明なのだ。

赤じゅうたんにネクタイ姿が並んだ記念写真を眺め、改めて首相のバランス感覚に不安を覚えた。もしかしたら、支点が中心からずれているのかもしれない。

見えない「それ」の怖さ　9・20

世間が「アレ」で盛り上がるなか、「それ」のことを考えていた。なんのこっちゃだが、人工知能（ＡＩ）である。公開中の映画『ミッション：インポッシブル』のシリーズ最新作に登場する主人公の敵が、「それ」と呼ばれるＡＩなのだ。意思を持ち、人間の心をよむ。

暴走した「それ」は潜水艦を自爆させたり、膨大な情報から翌日に起きることを予知したりする。恐ろしくも興味深いのは、人知をはるかに超えたＡＩに群がる人間だ。権力者は止めるどころか世界を支配するために利用しようとする。

こんな時代が本当に来るのだろうか。『人類滅亡２つのシナリオ』を著した北大客員教授の小川和也さん(52)は、「もうＳＦの次元ではないのは確かです」と言う。ＡＩの進歩で「自分の頭で考える機会が減って、人間が退化する危険すらある」とも。

最悪の事態を避けるには、「超知能は絶対に生み出さない」という共通の決意が必要だと小川さんは話す。でも、常に争ってきた人間が、国や文化を超えて団結できますか。恐る恐る尋ねると、「宇宙人が攻めて来ない限り、無理だと思うこともあります」。

ＡＩについて考えると結局、「人間とは何か」という問いに行き着く。助け合い、広い視点で考えながら、人間は進化してきたのだ。エゴを抑える理性や倫理観は、生き続けるための知恵でもある。

冒頭の映画で「それ」は何も恐れず、迷うこともない。そんなＡＩを怖いと感じる自分の心が、いまはとても大切に思える。

首相の「ライフワーク」　9・21

「核軍縮」は、私のライフワークです――。岸田文雄首相が日本時間のきのう、国連本部で一般討論演説をした。気になったのが、2度も言及した「主流化」という言葉である。公表された演説文では「『主流化』した核軍縮の流れ」「核軍縮『主流化』の流れ」とカギ括弧までついている。

核軍縮の歴史をみると、さまざまな条約のアルファベットと日本語訳の漢字が並ぶ。米ソ間ではSALT、INF、STARTなど。多国間交渉の条約では、日本も加盟や賛成の表明で積極的に関わってきた。

演説で首相が言及したのは、NPT（核不拡散条約）だ。この体制を維持・強化するとも表明したので、「主流」なのは間違いない。1970年発効で核軍縮の牽引役《けんいん》として期待されたが、核保有国は軍縮の義務を果たそうとしなかった。

業を煮やした非核国や被爆者たちの声を原動力に、2年前に発効したのが核兵器禁止条約だ。米国の「核の傘」下にある日本は背を向け続け、首相も演説で一言も触れなかった。「非主流」扱いなのか。

NPTに加えて言及したのが、核兵器用の核分裂物質の製造を禁じる条約のFMCT構想だ。30年前の国連総会で当時の米大統領が提案したが、意義は「今もなお変わりません」と強調した。重要な構想ではあるが交渉は始まってもいない。

FMCTには軍拡が懸念される中国に圧力をかける意味があるとみられ、米国も前向きだ。首相のライフワークが結局、米国次第なのが残念な現実ではある。

パンデミックと不正　9・22

偽のワクチンや検査キットを売りつける詐欺に、陰性証明書の闇取引。除菌をうたうホームクリーニングを装った強盗事件も。海外の事例を見ると、新型コロナにつけ込む悪意は万国共通のようだ。数々の波を経て感染は続くが、各国当局は不正の摘発に忙しい。

いずこも同じなのは、政府のコロナ政策で失業手当や特別融資などをだまし取ったケースだ。迅速な支払いのために自己申告に頼り、審査が甘くなったツケが来ている。米国では不正の多さに捜査が追いつかず、コロナがらみの詐欺罪の時効を5年から10年に延ばす法案に大統領が署名した。

英政府は支出について「財源は税金で、不正申請は納税者を害する」と位置づけた。税務専門家による納税者保護特別班を結成し、2年で約1400億円を取り戻した。それでも「すべての回収は不可能」だという。

日本でも不正発覚が相次ぐ。ワクチン接種のコールセンター事業で詐欺罪に問われたのは、近畿日本ツーリストの元支店長らだ。一昨日の初公判で3被告は不正を認めた。オペレーター数の水増しなどで、過大請求は2億2千万円に及ぶという。

刑事責任の追及は当然だが、納税者としては回収にも力を入れて欲しい。ＰＣＲ検査などの無料化事業では、計２００億円以上の交付が取り消された。中小企業向けの給付では自主返還もされたが、まだ増えそうだ。

審査は厳正に。でも、本当に困った人へ早く届けるには「性善説」が理想だ。それが通用しないのは寂しい。

子規とおはぎ　9・23

〈餅の名や秋の彼岸は萩《はぎ》にこそ〉正岡子規。１２２年前の秋分の日、脊椎《せきつい》カリエスで病に伏していた子規は、おはぎを食べた。病床日記『仰臥漫録《ぎょうがまんろく》』には昼食に一、二個と間食で一つ食べたとある。間食の方は日刊紙「日本」の社長で子規の後見人だった陸羯南《くがかつなん》が持って来た。

自家製おはぎのお返しに、子規は菓子屋のおはぎを羯南に渡す。もらって贈って、「彼岸のとりやりは馬鹿なことなり」と楽しそうだ。〈お萩くばる彼岸の使《つかい》行き逢《あ》ひぬ〉の句も詠んだ。翌日と翌々日も食べたというおはぎは残りものか、看病する妹が買ってきたか。

翌年に亡くなった子規は痛みや吐き気に苦しみつつ食事をした。生死の狭間《はざま》で食べ続ける姿は鬼気迫るものがある。甘いおはぎは病床でも食べやすかっただろう。日記にはようかんや懐中汁粉なども登場し、和菓子を好んだのがわかる。

おはぎが庶民に広まったのは江戸時代とされるが、いまに通じる和菓子の歴史は室町時代にさかのぼる。茶の湯の引き立て役として、貴族の間で練り菓子や餅菓子などが洗練されたという（吉田菊次郎著『古今東西スイーツ物語』）。

以前に取材した茶道の家元は「良い菓子は茶席を助ける」と話した。魅力的な菓銘や形が、会話のきっかけになるという。奥が深い世界である。

彼岸に入り、おはぎを求めて近所の和菓子屋をのぞいた。栗きんとんに芋ようかん、かぼちゃの練り切り。暑くても、もう秋なのだと気づく。繊細な和菓子は、季節の到来も告げる。

便利とは何だろう？　9・24

『ドラえもん』に出てくるセワシくんは、のび太の子孫である。彼は22世紀の世界に暮らしているが、あまり幸福そうには見えない。未来人たちには便利な道具がたくさんあるのに、現代人と同様に、ときに空虚な笑いを浮かべ、妙に言葉にとげがある。なぜだろう。

ひとは便利な道具だけでは幸せになれない。のび太を幸福にするものは、どこでもドアとかタケコプターではなく、ドラえもんとの友情なのだ。人気漫画はそんなことを教えてくれていると、ずっと思ってきた。

でも、最近は別の疑問も感じている。科学の進歩で、ドラえもんの道具に近いものが次々と現実になりつつある時代、便利の意味がよく分からなくなってきたからだ。何でもスマホで手続きするのが、本当に便利なのか。そもそも便利って何なの？

アイフォーンの新機種「15」が発売された。新しい機能が満載らしい。楽しみだという人も多いようだが、私の気持ちはワクワクにはほど遠い。スマホも家電も車も、頻繁に買い替えを迫られる。もう十分だと思ってしまう。

いまあるものを修理し、使い続けるのが、どうしてこんなに難しいのだろう。「古くならぬことが新しいのじゃないですかね」。昭和の映画監督、小津安二郎の名言を思い出した。

変わる大切さとともに、昨日と同じように今日があることの尊さをかみしめる。私たちはもう立ち止まれないのか。もしもそう問えば、ドラえもんは何と答えるだろう。どんな道具を、出してくれるだろう。

栗拾いボランティア　9・25

栗拾いのボランティアを募集しています。栗林の持ち主たちの高齢化や人手不足で収穫が難しくなっています。1組2キロまでは、どうぞ無料で持ち帰ってください――。そんな取り組みがあると聞き、山と海に囲まれた佐賀県の伊万里市を訪ねた。

「来た人はみんな喜んでくれて。ありがとうって言われるのはいいですね」。発案者で、同市黒川町まちづくり運営協議会の石丸利太《とした》さん(73)は日に焼けた顔をほころばせ、うれしそうに言った。

ボランティア募集の反響は予想以上に大きかったという。毎日数組を受け入れ、栗拾いをしているが、希望者が多すぎて、すでに予約は満杯だそうだ。募集はもう締め切った。

昨年、管理を任された木は約30本だった。石丸さんは自分らで収穫し、高齢者施設などに配った。だが、今年は「面倒を見てくれ」と所有者に頼まれた木が約140本に増え、手が足りなくなった。「フードロス削減と、多くの人に栗拾いを経験してもらおうと思いました」

案内してもらい、栗林を歩いた。緑色の毬栗《いがぐり》が風に揺れ、地面にも棘《とげ》いっぱいの毬《いが》がいくつも転がっている。いまや各地で似たように、人の手が入らなくなる土地がたくさんあるのだろう。そんな想像をすると、何だか複雑な気持ちになった。

毬栗を一ついただき、持ち帰った。毬の裂け目から、ツヤツヤとした三つの栗の実が、くっと顔を出している。まるで秋の訪れを無言で主張するかのように。〈初栗に山上の香もすこしほど〉飯田蛇笏《だこつ》。

リビア洪水から2週間　9・26

リビアとは、古くはアフリカ北部を広く指す言葉だった。そして一帯は旧約聖書「創世記」の伝説の舞台でもある。愚かな人間によって、世界が悪で満ちてしまったと後悔した神は、恐ろしい決断をする。洪水で地上を一掃しよう、と。

ノアの一家だけには、寸法指定で箱舟をつくらせた。長さは135メートルほど。いまの大型豪華客船の半分くらいだ。「天の窓が開けて、雨は四十日四十夜、地に降り注いだ」。生き残ったノアの息子3人のうち、1人の子孫が住み着いたとされたのが古代リビアの地である。

かの国を現実に洪水が襲って2週間が過ぎた。がれきと泥に覆われた街の写真は東日本大震災を思わせ、見るのがつらい。世界保健機関によると、死者は4014人、行方不明者は8500人以上にのぼる。だが、いまもなお被害の全体像は、はっきりしない。現地の混乱ゆえだろう。

リビアは、国の東西で2人の首相が並び立つ分裂状態が続いている。やるせなさが募るのは、今回の洪水が、それゆえの人災である側面が強くなってきたからだ。豪雨で崩壊した二つのダムは補修が必要だったが、内戦のなかで放置されてきたという。

人間は、やがて起きる悲劇の可能性に目をつぶりながら、目の前の争いをやめられない。どちらにしても、奪われ、踏みにじられるのは命や暮らしだと知っているはずなのに。

旧約聖書の古くから21世紀の現代まで、文明は発展してきた。だが人間の愚かさとは改まらぬものなのか。もどかしい。

御嶽山噴火から9年　9・27

時計の針が午前11時52分を指した。あの時もこんな秋晴れだったはずだ。空に浮かぶ頂を見上げ、そこに巨大な煙が突如わきあがるのを思い描く。長野と岐阜の県境にまたがる御嶽山。噴火から9年を経て、山頂付近の立ち入りが一部緩和されたと聞き、先日登った。

空気の清冽《せいれつ》さは、色も引き立てるのだろう。標高3千メートルを超える頂上に、笑いあう登山者たちのジャケットは鮮やかに映えていた。噴火当時に何度も写真で見た灰色の風景とは、まるで違う。

そんな時、遠くから火山ガスの臭いが漂ってきて、ふいに思いは周囲の岩に引き寄せられた。亡くなった方々は、どこに身を寄せていたのか。何を感じたのか。

岩陰で助かった小川さゆりさんが、著書でふり返っている（『御嶽山噴火　生還者の証言』）。噴煙で手のひらも見えない闇の中、空気を切り裂く音だけがする。無数の岩が飛び交い、空中で砕け散る。恐怖で笑いがこみあげたという。死者行方不明者は63人にのぼった。

それでも、火山活動としては比較的規模の小さな水蒸気噴火であった。自然が本気で牙をむいた時、人がなせることは多くない。頂上には噴石から守る避難シェルターが置かれていた。心強く感じたが、高温の火砕流に襲われればひとたまりもなかろう。恐れる心を忘れてはなるまい。

下山しながらふり返ると、山は裾野へゆっくりと紅葉に染まる途中だった。ふもとでは追悼式がきょう行われる。感動も悲しみも。自然は人にどちらも、もたらす。

年収の壁　9・28

幕末明治に日本へ来た外国人たちは、家のつくりに驚いた。通りに向かって開けっぴろげで昼寝や行水の姿が外から丸見えになっている。鍵や家具らしきものもほとんどない。でも庶民は平然としている。

壁があるのは家の側面だけだった。デンマーク生まれのエドゥアルド・スエンソンは、著書『江戸幕末滞在記』で、正面と裏には木綿布のような白い紙の張られた戸がついていると書いた。障子のことだろう。

現代日本を見渡すと、暮らしぶりはだいぶ趣が異なる。まず待ち受けるのは「狭き門」だ。子どもを保育園に預けようとしてもかなわない。奥へ進むと、頭上に広がる「ガラスの天井」が女性の昇進をはばむ。そして働く意欲に待ったをかける「年収の壁」に突き当たる。

パートで働く人などの収入が一定額を超えると、社会保険料の負担でかえって手取りが減る。岸田政権が、この「壁」の解消に乗り出すという。事業主に助成したり、収入が一時増えても2年間は負担なしで済む仕組みをつくったりするそうだ。

とはいえ、働き手の目にその場しのぎと映れば、笛吹けど踊らずだろう。必要なのは社会保険制度の本質的な見直しだが、ここ20年来、議論されながらも解決を見ぬ難題だ。容易ではない。10月には、日本酒やハムなどが値上げされる。首相は物価高対策も打ち出したが、野放図に予算がふくらめば、国の財政はますます危うくなる。「火の車の台所」が、さらに燃え上がる。そんな事態は避けねばならない。

ノーモア水俣　9・29

水俣病患者の歴史とは、病気との闘いであると同時に、未認定をめぐる闘いでもある。のちに国やチッソなどと対峙《たいじ》する川本輝夫さんは1968年、患者認定のための検診を受けた。医者が言う。「今ごろおかしいよ」「筋肉はピクピクしてないじゃないか」（石牟礼道子著『天の魚』）。

まるで詐病扱いだった。患者たちの間ではこんな冗談が飛び交ったという。「水俣病になろうたっちゃ、難しかっばい。ずらーっと並んだ偉か先生の試験に合格せんば」。認定行政の偏狭ぶりは、ふるい落とすための試験と映った。

水俣病が公式に確認されて67年。救済の対象を限定して幕を引こうとする流れに、患者たちは抗《あらが》い続け、少しずつ間口を広げてきた。ようやくたどり着いた判決だろう。ノーモア・ミナマタ2次訴訟で、大阪地裁は原告128人全員を水俣病と認め、国などに賠償を命じた。

住んでいた地域や年代で線引きする特措法の運用に、判決は疑問を投げかけている。このところ国を相手どった訴訟での司法判断には、がっかりさせられることが続いたが、久しぶりに明快だった。

会見に臨んだ原告らの目には光るものがあった。あれは、喜びとこれまでの苦難のまじり合った涙だろう。病気で震えながらマイクを握る手。目が離せなくなった。

国の対応次第では、今後も困難は続くかもしれない。けれど今宵《こよい》ぐらいは、勝利の祝杯に酔っていただきたい。きょうは中秋の名月。あの不知火の海も黄金色の輝きに映えるだろう。

暮しの手帖　9・30

雑誌「暮《くら》しの手帖」は1948年の創刊前に、取次会社から名前にダメ出しを受けた。暮らしは暗し。イメージがよろしくない。あらがうように編集長の花森安治は、自らの筆で表紙や挿絵にランプの絵を何度も描いた。世の中に小さな明かりを灯《とも》したいと。

「もう二度と戦争を起こさないために、一人ひとりが暮らしを大切にする世の中にしたい」。そんな理念を掲げ続けた雑誌が、今月で創刊75周年を迎えた。

外からの広告をいっさい載せてこなかった。紙媒体が次々と消えていく中で、よくぞ。「意志をいささかも曲げることなく、かつ、あきないも十分成り立ってゆく（略）一種の勇気を与えてくれそうに思われる」とは、詩人・茨木のり子による1973年の評だが、その思いは、いまこそ強まる。

自分たちの手で試す。徹底ぶりが伝説と化した商品テストの企画は、逸話の宝庫だ。ベビーカーの丈夫さを調べた回では、子どもとほぼ同じ重さを乗せた7人が皆100キロ歩いた。

リンゴの木箱を解体して椅子に作り替える創刊直後の記事から、最新号の特集「ずっと、食べていく」まで。衣食住に根っこを張り、そこからものごとを考えるという一貫した姿勢には、居住まいを正させられる。

美しいものはお金やヒマとは関係がない、と花森は創刊号で書いた。「みがかれた感覚と、まいにちの暮しへの、しっかりした眼《め》と、そして絶えず努力する手だけが、一番うつくしいものを、いつも作り上げる」。言葉は古びていない。

2023

10
月

コーヒーと人生　10・1

イタリアにいる40年来の友人から、近況を伝えるメールが来た。コロナ禍の最中に両親を相次いで看取《みと》り、夏に子どもが結婚して夫婦2人になった。仕事に追われてしばらくは寂しいと感じなかったが、コンロに新品の小さなマキネッタを置いたときに涙が出たそうだ。

マキネッタは、イタリアの家庭にはほぼ必ずある直火型のコーヒーメーカーだ。三つのパートに分かれていて一番下に水を入れ、その上のフィルターにひいた豆を詰めて火にかける。沸騰するとゴボゴボと音がして上部にコーヒーがたまる仕組みだ。

多様なデザインがあるなかで、一番有名なのは「ひげおじさん」のロゴ付きの製品だ。八角形のアルミ製で大小のサイズがある。長く愛用した6杯用から3杯用に買い替えた友人に、家族が小さくなった寂しさを思う。

「発明」されたのは90年前だ。世界恐慌は、ファシスト政権のイタリアも直撃した。洗濯用の蒸気ボイラーに着想を得たビアレッティという男性が、「家庭で安価に喫茶店のような味を」と売り出した。

2023・10月

戦後は息子が後を継ぎ、CM効果もあって一気に普及した。国内外で2億個以上が売れて、ニューヨーク近代美術館の永久収蔵品にも選ばれた。7年前に亡くなった息子の遺灰は大きなマキネッタに納められた。

きょうは国際コーヒーの日。コロナでコーヒーも家飲みが増え、素朴な機能で出るごみが少ないマキネッタはエコだと再注目されている。我が家にある10年物で久しぶりにいれてみようか。

「のぞき見」の誘惑　10・2

目の前に壁がある。そこに小さな穴があいていたら、どうするか。多くの人はのぞいてみるのではないだろうか。未知の世界が見られたらとワクワクするし、のぞくのが自分だけなら優越感もある。危険が潜む恐れがあったとしても、向こう側を見たい。

東京都写真美術館で開催中の「何が見える?『覗《のぞ》き見る』まなざしの系譜」で、「のぞくこと」への情熱に圧倒された。写真を立体視できる道具や回転するのぞき絵、アニメの元祖等々。この数百年の視覚装置の進歩は、のぞき見の世界史でもあった。

進歩の過程で重要だったのは、遠近法とレンズの発明だという。日本では江戸時代後半から、大道芸の「のぞきからくり」が親しまれた。遠近法を採り入れた絵を凸レンズごしに眺める見せ物だ。

展示をたどるうち、自分でものぞいてみたくなった。映像文化に詳しい早大名誉教授の草原真知子さんを訪ねると、19世紀末から世界中で大流行したステレオスコープを勧められた。眼鏡状のレンズの鼻先から柄付きの棒が伸びている。

棒の先に米国製の白黒写真を置いてのぞくと、人物が浮き上がった。連続写真を変えていくと、浮気がばれて困る夫の物語が進んで面白い。パリなどの観光地や、第1次世界大戦での戦地の写真もあった。

草原さんは「いつの時代も人間は小さな窓を通して驚きを求める。のぞく映像文化の本質は続くでしょう」と話す。会社で一人、スマホ画面をながめつつ、ふと思った。これものぞきではないか。

カリコ氏を励ました1冊　10・3

君はいいかげん年をとる前に自分が馬鹿なことをしているのに気がつくべきなんだよ――。生理学者のハンス・セリエ氏は若いころ、自らの研究について先輩学者から厳しく言われたことがあったという。

さぞ屈辱だったに違いない。後にストレス学の大家となったセリエ氏は、自著『生命とストレス』で若手研究者らを強く励ましている。たとえ何年も成果がでなくても、諦めてはいけない。自分を信じろ。新たな発見に必要なのは「長く味気のない期間にたえる楽天性と自信なのです」。

その本を高校時代に夢中になって読んだ少女が、新型コロナのワクチン開発で、ノーベル賞に選ばれた。「自分ができることに集中すること。他人がしていることや他人がするべきことを気にして時間の無駄遣いをするな」。カタリン・カリコ氏(68)は、セリエ氏の本にそう学んだと語っている(大野和基《かずもと》編『コロナ後の未来』)。

実際に、彼女の成功への道は苦難に満ちたものだった。大学の上司には「社会的に意義のある研究とは認めがたい」と言われ、降格の憂き目にもあった。悔しい思いを幾つも重ねたのだろう。もしも、そこで彼女が諦めていたら、数百万人の命を救ったとされるワクチンはできていなかった。科学の進歩は常に、多様で自由な発想から生まれる。

いまこの瞬間も、あすの成功をどこかで夢見ながら、結果の出ない研究に悩んでいる若き科学者たちがいるのを想像する。カリコ氏の栄誉が彼らの励みにも、なるといい。

その後のトットちゃん　10・4

校長先生は言った。「さあ、なんでも先生に話してごらん。話したいこと、ぜんぶ」。女の子は話した。いま乗ってきた電車が速かったこと。前の小学校にツバメの巣があること。いつまでも鼻をズルズルやっていると、ママにしかられるから、なるべく早くかむこと。

黒柳徹子さんの『窓ぎわのトットちゃん』は、読む人をやさしい気持ちにさせる名作だ。なかでもトモエ学園の小林宗作《そうさく》校長が、前の小学校を退学になったばかりのトットちゃんの話を、熱心に4時間にわたたって聞き続ける場面が何ともいい。

「君は、ほんとうは、いい子なんだよ」。校長先生はトラブルを起こす彼女にくり返した。もしもその励ましがなかったら、「私はどんなことになっていたか」。黒柳さんは感謝を込め、振り返っている。

空前のベストセラーから42年という長い年月を経て、『続　窓ぎわのトットちゃん』が出版された。トモエ学園が空襲で焼け、青森に疎開していくトットちゃんと家族の「その後」である。思い出したくない戦争の記憶だが、ウクライナ侵攻を機に執筆したという。

2023・10月

一気に読んで、またしても涙してしまった。トットちゃんは相変わらず、ちょっと困った子だ。でも、多くのやさしさが彼女を包み込む。ヘンじゃないよ。そのままで「だいじょうぶ」と。暗い時代の話なのに、どこか温かな気持ちになる。なぜだろう。

「まあ、読んでいただければと思います」。黒柳さんはきのうの記者会見で、そう言った。あの笑顔で。

江戸時代の犯罪記録　10・5

時代は江戸、寛政9年というから西暦では1797年のことである。南部家が藩主の盛岡の地で、大量の公文書が掃除係によって盗まれるという事件が起きていた。藩の調べによると、犯行は密《ひそ》かに9年に及び、8千枚もの重要書類が持ち出されていたという。

目的は何か。いまなら真っ先に機密漏洩《ろうえい》が疑われるところだが、掃除係が売ったのは情報ではなかった。紙の価値が高い時代である。書類は古紙として、ロウソク屋や表具師に売られていた。

盛岡市のもりおか歴史文化館で、企画展「罪と罰」が開かれている。同館が所蔵する江戸時代の200年分の資料から、犯罪に関する39の記録が紹介されている。殺人や誘拐のほか、武士の泥酔騒動や門番の居眠り事件などもあり、何とも興味深い。

資料を読み込んだ学芸員の福島茜《あかね》さんに尋ねてみた。なぜ、こうした犯罪が書き残されたのでしょう。「当時はいま以上に前例主義の社会でした。過去の事例をよく調べる必要があったのでは」

改めて、記録を残すことの意味を考える。遠い未来の人々が、私たちの時代の文書を見るとき、彼らは何を思うだろう。そもそも大事な記録が廃棄されず、しっかり残っているだろうか。

冒頭の事件で、掃除係は「打ち首獄門」になった。盗まれた書類はおそらくロウソクの芯にでもなり、永遠に失われた。「盗まれなければ、いまごろここにあったかも。何の書類だったかさえ分からないのが、悔しいです」。福島さんは、そう話している。

アトの世界、ナノの世界　10・6

仏教はときに、とてつもない時間のものさしを持ち出して教えを説く。40里四方の大きな石があった。そこへ100年に1度天人がやってきて、薄い衣でひとなでするとと去っていく。石が消えるまで、その摩擦を繰り返しても終わらぬ時間を「劫《こう》」と呼ぶ。

仏の教えに従って悟りを開けば、未来「永劫《えいごう》」の安楽を得られる、という時の長さにはため息が出る。あまりの長さに嫌気がさすと「億劫《おっくう》」になる。

短い方で知られる単位は「刹那《せつな》」だろうか。曹洞宗の開祖・道元は、トイレで用を足す前には指を3度鳴らせと『正法眼蔵《しょうぼうげんぞう》』に書いている。弾指という。一説によれば、音の鳴る瞬間をさらに65等分したのが1刹那だという。

見たこともない世界をとらえようとする人間の想像力には驚くばかりだ。だが、それを目に見えるようにした技術力には、さらに驚く。今年のノーベル物理学賞は、分子や原子内の「アト秒」単位の変化をとらえることに貢献した3人に贈られることになった。

100京分の1秒の世界のことだと言われても、縁なき衆生には理解しがたし。ぼうぜんとしていたら、化学賞は「ナノメートル」単位の粒子をつくる道を開いた3人へ決まった。ナノは10億分の1。こちらは、やや耳になじみがある。

どちらも、がんの診断や次世代の太陽電池などに役立つとされているが、あまり現世的に考えすぎるのもかえって夢がなかろう。どこまでも小さい世界。どこまでも先の未来。追い求めることに人間の本性はある。

命がけで届ける声　10・7

道路の真ん中で、たった2人の女子生徒が抗議に立つ。「本と教師がほしい」と叫ぶと、幸福感に満たされていった——。『わたしのペンは鳥の翼』は、アフガニスタンの女性18人による短編集だ。そのひとつ「花」は、2年前に実際に起きたテロ事件を題材としている。

主人公は、周囲が決めた結婚で学校へ行けなくなった高校生だ。「あきらめるな」と励まし、共に抗議もした進歩的な親友は、学校を狙った爆弾テロで死んでしまう。その夜、彼女は「学校に戻る」と宣言する。母親は当惑するが、父親は「娘よ、学校へ行って、自分の思うように生きろ」と告げる。

英国の団体が企画、出版した同著には、普通の本なら末尾にある「作者紹介」がない。身元がわかると危険なためで、匿名で書いた人もいる。

今年のノーベル平和賞が、イランのナルゲス・モハンマディさんに決まった。女性の人権活動家として声をあげ続け、いまもテヘランの刑務所に収監されている。「私たちは決して引き下がらない」との訴えが、胸に刺さる。

2023・10月

ノルウェー・ノーベル委員会の委員長は、発表の冒頭で「女性、命、自由」と述べた。「人口の半分にあたる女性」を尊重できないことは、世界的な問題なのだとも。イランでは昨年から、女性の人権拡大などを訴える抗議デモが拡大した。

家父長制や社会の抑圧で苦悩する女性たちは、世界各地にいる。物語をつむぐこと、声をあげることが、命がけの国もあるのだ。私たちは、忘れてはいけない。

消える時刻表　10・8

コスパだのタイパだのと効率を迫られる世の中だから、余計に思いが強まるのだろう。行き当たりばったりの旅にあこがれる。お手本は内田百閒《ひゃっけん》の『特別阿房《あほう》列車』の心である。「なんにも用事がないけれど、汽車に乗つて大阪へ行つて来ようと思ふ」

切符を事前に買うことは「旅行の趣旨に反する」と潔しとしない。さすがである。懐の算段がつくと、出発までは夜な夜な時刻表を眺めている。にやけた様子が目に浮かぶ。

名文家が想像を広げた時刻表も、最近は冊子の発行部数が激減していると聞いていた。しかし、ついに駅のホームからも掲示が消えつつあるとは。先日の記事に驚いた。ダイヤ改定のたびに差し替えるので経費がかかる。その削減が目的だという。

たしかに都会では、時刻表に頼らずとも列車はすぐにやってくる。仕事で出張する際も、ネットで調べておくのが習慣になった。だからわがままだとは知りつつ、「行き当たりばったり派」としては、どこか寂しさが否めない。

取材で小さなホームに降り立つことがある。空白だらけの時刻表に思いは膨らむ。以前はもっとにぎわったのに違いない。乗ってくるはずの人に会えず、待ち続けた人もいただろう。〈停車する駅のホームの薔薇の花ふと揺らぎたり人待つ如く〉吉川米子。

少々センチメンタルに過ぎたかもしれない。でも忘れ得ぬ思い出を、あの小さな数字の集まりに抱く人は少なくなかろう。寂しくなるのは、秋がもたらす感傷のせいばかりではない。

2023・10月

新聞配達エッセー　10・9

いつものように朝刊を配達していた千葉市の田尻隆さん(58)は、家から出てきた高齢の男性に声をかけられた。母がベッドから落ちてしまい、自分だけでは起こせない。助けてほしい――。老老介護のSOSだった。

無事に終わった時、疑問がわいた。なぜ自分がいるとわかったのですか。男性はほほえんだ。「毎日2時半にはバイクの音がしますから」。新聞は社会と読者をつなぐ。それを配る自分もまた、排気音で社会とつながっていたのだ。田尻さんはそう書いている。

日本新聞協会の新聞配達エッセーコンテストが30回目を迎え、3223編の応募があった。入賞作はどれも、さまざまな人間模様のなかに人の温かさを伝えている。

秋田市に住む安田沙織さん(41)は思春期前の思い出を書いた。亡き父は雪の中の配達から戻ると、別の仕事へ行くまで、また一眠りした。せめて自分に出来ることを。帰ってくるまで、冷えきった父の布団にもぐって温めてあげた。「今日はよく眠れたよ、あったかくて」。その言葉が忘れられない。

子どもたちの作品には、優しさがあふれている。北九州市の能美《のうみ》になさん(9)は師走のある日、冷たい新聞を手に考えた。感謝の思いを込めて、まだ見たことのない配達員さんにおこづかいでカイロをプレゼントしよう。「今日だけは私もサンタさん」

あすは月に1度の新聞休刊日。配る人がいて、支える家族がいて、読者の皆さんがいる。新聞が読まれるという光景に、感謝の念を新たにする。

インティファーダから36年　10・11

イスラエル占領下のガザとヨルダン川西岸で1987年末、パレスチナ人の若者たちがイスラエル軍へ向かって石を投げ始めた。少年はよく飛ぶ平べったい小石を、青年は大きな石を。女性や子どもも加わり、世界で報じられるようになった。インティファーダ（民衆蜂起）である。

圧倒的な強者に対する抵抗運動として、国際社会の同情を集めた。これを機に創設されたのが、現在ガザ地区を実効支配するイスラム組織のハマスだ。イスラエルの存在を認めた「オスロ合意」を拒絶した。

後の第2次インティファーダでハマスは銃を使い始め、自爆テロも多用するようになった。戦車や戦闘機を繰り出すイスラエルとの衝突が激化する一方、社会福祉活動などを通じて住民への影響力を強めた。

ガザで20年前、ハマスに協力する女性に話を聞いた。息子3人を自爆攻撃などに送り出しており、イスラエル軍に居場所がばれないようにと、取材の指定場所が何度も変わった。武装メンバーが警備するなか、「後悔はない。残りの息子も捧げる」と語る姿に衝撃を受けた。

2023・10月

今回、イスラエルに仕掛けた大規模攻撃で、ハマスは何千発ものロケット弾を発射した。多数の民間人が犠牲になっており、決して許されることではない。36年を経て、「弱者の抵抗運動」は変わった。

変わらないのは、中東で進まない和平と果てしない暴力だ。イスラエルの報復も続く。封鎖されて逃げ場がないガザで、また多くの市民が犠牲になる。やりきれない。

ノーベル文学賞と戯曲　10・12

今年のノーベル文学賞にノルウェーの劇作家ヨン・フォッセさん(64)が決まった。長く有力候補と言われていたが、戯曲も小説も読んだことがなかった。欧米メディアによると、ベケットやピンターとよく比較されるという。好みの不条理劇かと大きな図書館へ走った。

いつもお世話になる司書の方が「作品集などはないが、機関誌に戯曲が一つ載っている」と教えてくれた。40以上の言語に訳されているのに日本語で読めるのはそれだけなのか。残念に思いつつ、『舞台芸術05』に掲載された『だれか、来る』(河合純枝訳)を閲覧した。

登場人物は、「彼」と「彼女」と「男」の3人。入り江にある古い家に、50代の彼と30歳前後の彼女がやってくる。２人きりになろうと人里離れた所に家を買った。だが到着早々、不穏な空気が漂い始める。

「だれか　来る」と繰り返す彼女。彼は「だれもここにはいない／だれも来ない」と認めない。そこへ突然、家を売った若い男が訪れる。「おれと話さないか／ほんの少しでいい」

繰り返される短い台詞《せりふ》には詩のようなリズムがある。ト書きの「間」の多さも相まって、静かで孤独感に満ちた舞台が目に浮かぶ。人間の弱さも透けて見えるようで心がざわついた。

戯曲は日本であまりなじみがないが観《み》るだけでなく本で読んでも面白い。ベケットの『ゴドーを待ちながら』は日本でも数多く上演され、ピンター作品の熱心なファンもいる。フォッセさんの戯曲がもっと読めるといいのだが。

棋士も人間だった　10・13

「極端に言えば、将棋は『終盤で相手に一回間違えさせたら自分の勝ち』」。棋士の杉本昌隆さんが、自著『悔しがる力』で将棋の面白さをそう書いている。一昨日の王座戦第4局は、まさにそんな激戦だった。藤井聡太さんが永瀬拓矢さんに勝ち、八冠を達成した。

最終盤では双方が、一手60秒未満で指す「1分将棋」に突入した。どちらが完璧に読み切れるか。どちらかが間違えるのか。息詰まる緊張のなか、123手目を指した永瀬さんが突然、頭をかきむしった。ため息をつき、天を仰いだ。

明らかにミスをしたとわかるしぐさに、驚いた。血の気が引いたか、悔しさが出たのだろうか。藤井さんは表情を変えず、盤上を見つめたままだ。直前まで優勢でも一手で変わる。将棋の怖さを見た思いがした。

無表情で隠し通す人もいる。谷川浩司さんは40年前、初めて名人位を得た対局で「おやつとして出ていたイチゴにフォークを刺した瞬間」にミスをしたことに気づいたという。「何食わぬ顔でイチゴを口に入れたが、まったく味はしなかった」（『藤井聡太論』）。

今回の対局にこれほど引きつけられたのは、棋士の魅力によるところが大きい。どんなにＡＩ技術が進歩しても、全力で対峙《たいじ》する人間のようには、見る者の心は打てない。

トップ棋士たちも間違い、落ち込むのだ。５連覇を目前にした永瀬さんの重圧はいかほどだったか。そして、あの指し手の応酬を乗り切った挑戦者の心技体の充実ぶり。恐るべき21歳である。

細田議長の記者会見　10・14

この国の難解な方言の一つに出雲弁がある。よく知られたところでは、「ありがとう」を意味する「だんだん」だろうか。では、「しぇたもんだわ」はどうか。地元の人にそう言われ、「あきれたもんだね」との意味が分かるのはかなりの通に違いない。

島根県選出の国会議員、細田博之氏はかつて、国会質問で「出雲弁を宣伝したい」と唐突に語ったことがあった。さぞ方言に関心があるのだろう。きのうの衆院議長の辞任会見について、覚えたての出雲弁であえて言わせてもらえば、まさに「しぇたもん」である。

旧統一教会と自民党の関係のキーマンと言われながら、公開の場での説明から逃げ回ってきた人物だ。教団のイベントに幾度も出席し、広告塔になったとも指摘されてきた。会見で何を言うかと注目したが、被害者への気持ちを問われても「私は一切、無関係だ」。

その言葉の何と冷たい、いや、何と「ちべて」ことか。セクハラ疑惑にも「本当にあったのなら言って欲しい」。被害を訴える女性の証言が報じられているのに、まるで聞こえないかのようだ。

2023・10月

細田氏の発言はこれまでも、市井の人の感情を逆なでしてきた。「それが国民の程度かもしれない」といった、人々を見下すようなものもあった。明らかに感覚がずれている。

政府は教団への解散請求をした。これで幕引きとばかりに、語らぬ細田氏にホッとし、「だんだん」と言いたい政治家がどこかにいないか。深い闇の解明を、うやむやにしてはならない。

尾身氏の1100日　10・15

もしも、この人がいなかったら、どうなっていただろうか。巨大な不条理に誰もが翻弄《ほんろう》されたコロナ禍は、より悲惨なものになっていただろうか。あるいは逆だろうか。尾身茂氏の著書『100日間の葛藤』を読み、どうしてもそんな想像をしてしまった。

8月に一線を退いたコロナ対策のキーパーソンが、危機の3年半を振り返った「自己検証」の本である。「ルビコン川を渡る」つもりで、政府が嫌う提言もしたと記している。恐れたのは目の前の批判や軋轢《あつれき》ではなく、「歴史の審判」だったそうだ。

もちろん譲歩もあった。例えば「呼気による感染の可能性」は、政府の要請で削除した。提言として公表すれば「一般市民に不要な恐怖感を与えかねない」というのが政府の考えだった。

削除は正しかったのか。専門家と政府の考えが異なる場合、国民にそのまま相違を知らせるべきだ、と尾身氏は書く。都合の悪い話を公表しなければ、国民は政府を信用しなくなると。だが、実際には、妥協点の模索が繰り返された。

かつてアインシュタインは原爆の開発を進言した。ところが、原爆が広島、長崎に落とされた後は考えを改め、反核を訴えた。科学者は間違える。政府も間違える。あらゆる無謬《むびゅう》性の否定から、科学的な思考は始まるのだろう。

「今後さまざまな立場の人による多角的な検証を待ちたい」と同書は結ばれている。いつか、パンデミックはまた起きる。政治の側からも「歴史の審判」に堪えうる証言を期待したい。

サンマと秋の空　10・16

お昼どき、たまたま目にした小さな定食屋に入った。何を注文しようかと考えていると、店長らしき年配の男性と、まだ10代ではないかと思えるアルバイトの若い女性の会話が聞こえてきた。「きょうのお薦めはサバだ。おめえ、鯖《さば》って漢字、書けねえだろ」。店長は大きな声で言った。若者はのんびりとした調子で小さく答えた。「いえ、書けます。スマホで調べますから」。しばらくして、壁にかかった品書きの黒板に、彼女はきれいな文字を記した。

私はえっと驚いた。「お薦めメニュー　秋刀魚」と書かれていたからだ。女性は何げない表情で仕事を続けている。わざと、書いたのかな。そう思うと、ちょっと愉快な気分になり、やがて、少し切なくなった。

よし、今夜はサンマを食べよう。思い立って、帰宅途中にスーパーに寄った。時間が遅かったせいか、食品棚にはパック入りのサンマが、ぽつんと1匹だけ。〈さんま、さんま、／さんま苦いか塩つぱいか〉。佐藤春夫の詩が脳裏に流れた。

秋はさみしい。何を聞いても、何を見ても、どこか寂しい気持ちになる。〈古《いにしえ》より秋に逢《あ》えば寂寥《せきりょう》を悲しむ〉。1200年も前の唐代の詩人、劉禹錫《りゅううしゃく》もうたっている。ひととは元来、そんなものか。

〈晴空《せいくう》　一鶴《いっかく》　雲を排して上り〉と詩人は続けた。秋の空に、1羽の鶴がすっと上っていく様を思い描く。〈便《すなわ》ち詩情を引きて碧霄《へきしょう》に到《いた》る〉。詩情とは感じるままを詩にしたいと思う気持ち、碧霄とは限りなく碧《あお》い空のことである。

パレスチナの詩人　10・17

詩人マフムード・ダルウィーシュ氏は1941年、英国の統治下にあったパレスチナ北部の村ビルワに生まれた。彼が6歳のとき、そこにイスラエルという国が突然、できることになった。パレスチナ住民はユダヤの軍によって追い出された。

「あの夜のことは忘れない」。詩人はそう振り返る。オリーブの林を、村人は走って逃げた。砲撃と銃声が迫ってくる。満月の夜だった。大勢の人が死んだ。村は破壊され、その名も消えた。

詩作を始めたのは10歳の頃だ。イスラエルの学校で、ユダヤの子への詩を書き、当局に呼び出された。〈きみには家があるけど、ぼくにはそれもない。きみにはお祝いがあるけど、ぼくにはない。なぜいっしょに遊んじゃいけないのだろう〉（四方田《よもた》犬彦《いぬひこ》訳『壁に描く』）。

やがて彼の詩は、傷ついたパレスチナの心を慰め、同時に、勇気を奮い立たせるものになっていく。だからだろう。詩の発表を理由にして、イスラエルは何度も彼を逮捕した。

幾多の憎悪が積み重なった地で、いま再び、人々が悲憤の涙に震えている。多くのイスラエル人が殺された。多くのパレスチナ人が殺された。幼き子も、お年寄りも。ガザの惨状を思うと、暗澹《あんたん》たる気持ちになる。

ダルウィーシュ氏は2008年、67歳で逝った。〈歴史は犠牲者も英雄も嘲笑《あざわら》う／彼らに一瞥《いちべつ》をくれて　過ぎてゆく／この海はわたしのもの。この新鮮な大気も〉。残された詩の一節が、私たちの胸に静かに迫る。平和が欲しい。殺戮《さつりく》でなく。

谷村新司さん逝く　10・18

アリスの歌詞のほとんどは、谷村新司さんが手がけたものだった。「ボクは、言葉を守ってきた」。生前のインタビューにそんな述懐がある。先人が育ててきた〝うた〟という大樹をさらに茂らせる。「詞だけを見ても『谷村文学』でありたい」

それが何より表れたのは、ソロの代表作「昴《すばる》」かもしれない。眼《め》閉づれど／心にうかぶ何もなし。／さびしくもまた眼をあけるかな――。石川啄木が歌集「悲しき玩具」に刻んだ心は、谷村さんの中で血肉となったのだろう。生まれた壮大な楽曲は海を越えて口ずさまれている。

人生が決まったのは中学生の時。近所の和楽器屋のショーケースに、なぜか中古ギターが1本売られていた。洋楽のレコードを何度もかけては、音を一つひとつ拾ってまねた。

そんな体験ゆえか。アリスの曲づくりでは初心者が弾けることを目指したという。シンプルであれ。難しくするのは簡単である、と。「時代を突き抜けて行く〝スタンダード〟というのは、そういうものなのだ」(『夢創力。』)。

わが幼心をふり返れば、男の色気というものを初めて感じたのは、谷村さんの歌だった覚えがある。力強く、ときに哀愁たっぷりに。「遠くで汽笛を聞きながら」「いい日旅立ち」などの名曲を残して、谷村さんが74歳で逝ってしまった。

星のすばるはこの時期、真夜中に南中する。青白くかすんで見えるのは、天の乙女が悲しみに泣きぬれているからだ、という。〈我は行く。さらば昴よ〉。星が流れた。

＊10月8日死去、74歳

報復の鎖を断ち切る　10・19

痛ましい光景が飛び込んできた。ガザ北部の病院で起こった爆発だ。少女の大きな瞳から涙がこぼれ、血と泥にまみれた頰《ほほ》に筋をつくる。幼子を抱く母の表情は凍り付き、ろう人形のようだ。

イスラエル側とパレスチナ側。どちらの所業かは判然としない。ただ北部には、まだ多くの人々が残っている。地上侵攻が始まれば、同じような悲劇は避けられまい。退避勧告に応じない者はハマス側とみなすと、イスラエル軍は警告したという。

お前はどちらの側に立つのか――。戦争では往々にして踏み絵が始まり、分断が進む。「憎悪の連鎖」につながる道だ。病院の光景に怒りを覚える今だからこそ、民族や宗教の壁をこえる動きに目をこらしたい。

米国では先日、ハマスによる同胞の死を悼むユダヤ人たちが、ガザ侵攻に反対するプラカードを掲げた。「私の悲しみはあなたの武器ではない」。アテネではイスラム教の導師が「暴力も戦争も望まない」と述べた。オランダでは、両者の言語で「平和」と掲げた飛行機が飛んだ。

バイデン米大統領はこれまで人道配慮を求めながらも、イスラエルへの支持を表明してきた。左手に救急箱を持ちつつ、右手で猛犬の手綱を放す。そんな図に見える。

訪れたイスラエルで、ネタニヤフ首相と何を語ったのか。気にかかるところだろう。でも「今は戦争を止める以外のことについて話しても意味がない」。ヨルダン外相の言葉が光る。報復の鎖を断ち切らねば。だから声をあげる、小さくても。

ジャニーズ事務所の改名　10・20

米国のある石油大手が、ブランド強化のため新たな社名をつけることにした。コンピューターに意味のない文字列を作らせて発想を広げる。いくつもの候補の中から選んだのは、Ｅｎｃｏだった。

ガソリンを売る会社が「エンコ」とは、これいかに。若い方はなじみが薄いかもしれないが、日本でエンコといえば、乗り物の故障を意味する俗語である。そりゃダメだと差し替えられて、結局「エクソン」に落ち着いた。山崎時男著『オイルマンが書いたマルチ石油学入門』が伝えるエピソードだ。

社名や商品名は最も短い自己紹介文だ。音の響きや伝える意味が大事になる。先日の記事にあった横文字を訳せば「微笑《ほほえ》む」か。長年の性加害が明るみに出たジャニーズ事務所が「ＳＭＩＬＥ―ＵＰ.《スマイルアップ》」に名を改めた。一人でも多くの皆様が笑顔になれるように、と公式ページは語っている。

被害者への補償に専念し、タレントのマネジメントなどは別の会社が担う。そちらの名前は、月末までファンクラブで公募しているという。

ネーミングが功を奏した例に、ネピアの「鼻セレブ」がある。かつて「モイスチャーティシュ」として店頭に並んだが、いま一つだった。中身は全く同じなのに、改名で売り上げは急増した。

名は変われども中身は同じ――スマイル社や新会社は、そうであっては困る。救済を求める被害者に誠実に向き合い、調査報告書で指摘された社内体質の閉鎖性を改める。信頼の回復は、ようやくそこから始まるはずだ。

学徒出陣80年　10・21

東大生でいられたのは実質2カ月だけだった。1943年、学徒出陣の知らせに、20歳の松岡欣平さんは深い葛藤を記す。人間は何をなすべきなのか、自分は命が惜しいのか、死とは何か――。東京・有楽町で始まった「平和のための遺書・遺品展」で、きのう日記を見た。

松岡さんは入営前に映画『無法松の一生』を見た。主人公が祇園太鼓を雄々しく叩《たた》く。その映像で、ふるさとでの祭りがよみがえったのだろう。短い人生をふり返り「俺は気が狂いそうだ。

俺は太鼓を打ってみたい。（略）世はまさに闇だ。戦争に何の倫理があるのだ」。1年半後、戦死した。

戦争はつねに、若者から夢を奪う。80年前のきょう、東京の明治神宮外苑で出陣学徒の壮行会が開かれた。10万人とも言われる青年がペンを捨て、戦地に赴いた。

亡くなった学徒兵の手記を集めた『きけ　わだつみのこえ』に、特攻隊だった長谷川信《しん》さんの言葉が残っている。23歳。沖縄で散った。「今次の戦争には、もはや正義云々《うんぬん》の問題はなく、ただただ民族間の憎悪の爆発あるのみ」

イスラエルとパレスチナ。ガザでの戦闘中断を求める国連安保理の決議案は、米国によって拒否された。その米国を、ウクライナを侵攻しているロシアが臆面もなく非難する。何と嘆かわしい世界か。

「人間は、人間がこの世を創った時以来、少しも進歩していないのだ」。長谷川さんが書き残した憂いを打ち消さねば。そうでなければ、戦火に消えていった若き命が報われない。

探偵としての経済学者　10・22

今年のノーベル経済学賞に決まった米ハーバード大教授のクラウディア・ゴールディンさん(77)は、ずっと探偵になりたかったそうだ。幼いころから真実を見つけるスリルが好きだったと、自伝的な随筆「探偵としての経済学者」で書いている。微生物学を学ぼうと入った大学で経済学と出会った。

優れた学者の教えを受け、「この学問なら探偵業を始められる」と確信したという。権威を疑え。まず目に付く容疑者を徹底的に調べよ。着想と理論とデータを駆使して真犯人を見つけろ。どれもゴールディンさんが研究に取り組む際の心得だ。

受賞では、労働市場での男女格差の原因を２００年以上さかのぼった研究が評価された。著書や論文を読むと、これほど長期の詳細な資料をどうやって調べたのかと驚く。

公文書保存に長じた米国でも、数世紀前の女性の労働力を明示した記録はない。探偵ならどうするか。資料を精査して配偶者の有無別、年齢別などの推計をつくってみた。だが、既婚女性の隠れた労働力は見えない。

あるとき、全米の主要都市に18世紀後半からの職業名簿があると知った。記載は夫の名前だけだったが、夫の没後には妻の名に変わっていた。家族経営が主流の時代で、夫の生前も妻は労働力だったと推測できる。

地味な発見をするたび、「ほくそ笑んできた」という。近著『なぜ男女の賃金に格差があるのか』も、過去100年の女性の家庭とキャリアの問題を検証した力作だ。間違いなく、名探偵である。

スポーツ観戦の醍醐味　10・23

南太平洋の島々を旅していると、ラグビーをする子どもたちをよく見かける。あちこちの原っぱに立つポールからもラグビーの人気ぶりがわかる。環境問題を取材したトンガでは、役人に「今から息子が試合に出るから」と請われて一緒に小学校へ。応援の合間に話を聞いた。

フィジーでは総選挙の日、投票所のそばで練習する中学生たちに遭遇した。颯爽《さっそう》とした走りとパス回しに感心していると、指導者が話しかけてきた。「とにかく、前へ進めと教えている。難しいことは後で覚えればいい」と笑った。

さて、ラグビーW杯は決勝を待つだけとなった。今大会で特に新鮮に感じたのはフィジー代表だった。スクラムでじりじりと押すのではなく、自由奔放に前へ前へと疾走する姿に、島の子どもたちを思い出した。

スピードを感じたのは、プレースタイルだけではない。「ショットクロック」が導入され、ゴールキックの制限時間が厳格になった。試合の迅速化が目的で、トライ後は90秒以内、ペナルティーゴールは60秒以内に蹴る決まりだ。

残り時間を意識してか、時に急いで蹴るような様子が気になった。従来通りにじっくり構えて無効になった選手も。ラグビーも時短か。試合時間は決まっているのに、そんなに急がなくてもと思ってしまう。

今季から投球間の時間制限を設けた大リーグは、試合時間が昨季より24分短縮された。スポーツも効率よく進んで早く終わるほど良いのか。じっくり見たいと思うのは時代遅れなのか。

ザックバランにズケズケと　10・24

首相が自分の思ったことをザックバランにズケズケ言うのは大変よろしい——。66年前の小欄は歯切れよく、そう書きはじめている。ときの首相はと言えば、在職65日の短さで辞任しながら、没後50年のことし、とみに注目を集める石橋湛山である。

「四方八方にご機嫌とりばかりをしていては国のためにならない」。首相に就任し、国民向けの第一声に立った石橋は語った。「私は皆さんに嫌がられることをするかもしれないから、そのつもりでいてもらいたい」

確かにズケズケとした言葉である。乱暴な言いぶりともいえる。でも、自らの志を訴える政治家の覚悟は、ヒシと伝わってくる。その言、まずは心意気よし。当時の人がうなずいたのも、よく分かる。

さて、こちらはどうか。きのう岸田首相が所信表明の演説をした。支持率が最低となるなか、税の還元だ、賃上げだといった話を聞きながら、「ご機嫌とり」との単語が幾度も頭をよぎった。思えばこの2年、「異次元の少子化対策」などと大見得《おおみえ》を切ったスローガンを散々聞かされてきた。それでいて、具体化は一向に見えない。衆参ダブル補選の投票率の低さが示すように、この国の国民は、いまの政治に鼻白む思いを強めていないか。

空々漠々とした文字の羅列はもう結構だ。首相は何をしたいのか。政治家としての本気がザックバランに伝わる言葉が欲しい。「最もつまらないタイプは、自分の考えを持たない政治家だ」。石橋は晩年、そんな名言も残している。

万博の混乱、責任はどこに　10・25

ピカソの代表作のひとつ「ゲルニカ」は、1937年のパリ万博の展示のために描かれた。ただ、絵の完成は開幕に間に合っていない。スペイン館の入り口に置かれたのは万博が始まってから約1カ月後だった。

絵を見た関係者からは当初、落胆の声も上がったそうだ。もう少し写実的な壁画が期待されていたらしい。館内の目立たない場所に移そうとの計画さえ出たという（荒井信一『ゲルニカ物語』）。

ところが、いざ公開が始まると、空爆の悲惨さを伝える絵は、多くの来館者の心をつかんだ。ゲルニカが象徴する反戦と平和は、この年のパリ万博のイメージとなった。

1年半後に開幕が迫る大阪・関西万博は、未来にどう語り継がれるのだろう。会場建設費が1・9倍に増え、2350億円になるという。使われる税金もぐっと増える。物価上昇などが理由というが、打ち出の小槌《こづち》ではあるまいし、「想定外」といえども、ぽんぽん予算を増やせる時代ではあるまい。

驚くのは、海外パビリオンの建設遅れもそうだが、誰ひとりとして自分の責任を認めないことだ。万博協会の事務総長に至っては「責任と言われても何をもっておっしゃるのか」と会見で笑みを浮かべていた。それで国民の理解は得られるのか。

大阪府も市も国も経済界も、いったん立ち止まり、よく話し合われてはいかがか。思い切り簡素化する選択もある。延期論も出ている。後世へのイメージが「負担増」や「無責任」となれば、開催の意義さえ色褪《あ》せる。

町田ゼルビアのJ1昇格　10・26

東京とは何だろう。地元とは何か。そんなことを考えさせてくれるエピソードを、『ちびまる子ちゃん』の作者、さくらももこさんが、自らの10代を描いた漫画『ひとりずもう』に記している。

「東京は楽しいよ」。静岡県の清水市に住む高校生、ももちゃんは同級生にそう言われる。「私も行ってみたいなあ」。一人で行くのは怖いから、親戚に頼み、東京見物に連れて行ってもらうことにした。

ガザの子どもたちの死　10・27

ところが、案内されたのは東京都の町田市だった。えっ、なんで。そこには東京タワーも、有名人も、原宿の竹の子族も、ももちゃんが見たかった東京は何もなかった。「町田ってホントに東京なのかな」。彼女はがっかりしてしまう。

町田に住む方々は、不快に思われただろうか。それとも、いまなら逆に胸を張り、言うだろうか。「確かに町田に六本木ヒルズはないけれど、我が街にはサッカーの町田ゼルビアがある」と。悲願のＪ１昇格、おめでとうございます。

市民クラブとして長い間、地元の多くの人が愛し、育ててきたチームである。「誇れる故郷にしたかった」「地域に根ざして街の思いを背負っている、その思いはこれからも」。本紙東京版に載った喜びの声を読み、こちらもうれしくなった。

ももちゃんは町田に行った翌日、原宿にも連れて行ってもらう。でも、なぜかつまらない。静岡に帰って、一人つぶやく。「東京って何がそんなに面白いんだろう」。東京は、いや、町田は、地元のよさを教えてくれる街である。

自らが信じる「正義」のためならば、不正義を行ってもいいのだろうか。もしも、そうだとしても、悪を打ち倒すための不正義はどこまで許されるのか。幾多の先人が考えた普遍的な問いがいま、脳裏にこびりつき、離れない。

パレスチナ自治区ガザでの犠牲者が、増え続けている。2千人を超える子どもが殺されたという。数で死者を語るべきではないけれど、あまりに不条理な現実に言葉を失う。彼らにいったい何の罪があったというのだろう。

イスラエルに、自らの信じる正義があるのは分かる。多くの同胞が無残に殺された。捕らわれたままの人質たちもいる。だが、だからといって、これほど多くの無辜《むこ》の命を奪っていいものか。

ネタニヤフ政権への支持を鮮明にするバイデン米大統領でさえ、「激情にのみ込まれてはいけない」と口にする。同時多発テロと、その後のアフガン戦争を振り返って、「米国は正義を得た。しかし、過ちも犯してしまった」。

正しさを掲げた不正義がいったん走り出せば、その拡大に歯止めをかけるのは容易でない。米ハーバード大教授を務めたマイケル・イグナティエフ氏は、自著『許される悪はあるのか?』に書いた。「最も困難なのは善か悪かの選択ではなく、悪かそれ以上の悪かの選択である」

ハマスに襲撃されたイスラエルの住民が本紙に語っていた。「戦争はしたくない。生きていたいだけ」。そんな幾つもの言葉を重く受け止めながら、強く思う。停戦をすべきだ。いますぐに。

李克強氏の突然の死去　10・28

朝日新聞が、中国東北地方の瀋陽に取材拠点を設けたのは、2006年の春のことである。駐在記者として赴任した私は、そのころ地元トップの書記を務めていた李克強《リーコーチアン》氏と、何度か身近に接する機会があった。早口で、歯切れのよい話し方をしていたのを思い出す。

衆目一致のエリートであり、後々は共産党トップに立つとも目されていた。各国の要人がこぞって瀋陽を訪れ、「李克強詣で」と言われた。このころ李氏が明かした中国経済の分析手法は「李克強指数」として知られる。

強く印象に残っているのは、歴史問題についての発言だ。「日本人が悪ではない。人類はなぜ、あんな残虐なことをしたのかとの視点で考えるべきだ」。無難な発言にとどめることもできるのに、自分なりの歴史観を披露する姿に、新しい時代の中国の明るさを感じた。

こういう人が国家主席になるなら、対外姿勢は開放的になるだろう。日中関係の未来も明るいかもしれない。そんな淡い期待を抱いた記憶がある。いまから思えば、何と楽観的な見通しだったか。

現実には、李氏が頂点を極めることはなかった。首相として進めようとした経済政策は実行できず、気の毒に感じるほど精彩を欠いて見えた。いつの時代もナンバー2は不遇である。

突然の訃報《ふほう》に世界は驚き、様々な臆測も流れる。外相や国防相が急に姿を消してしまうぐらいだから、それも仕方ないことか。何とも言えぬ暗さを感じる中国のいまを思うと、寂寥《せきりょう》の念を覚えて止《や》まない。

＊10月27日死去、68歳

読書週間に　10・29

「本の虫」がいるとして、一番騒ぎ出すのは、いつどんな場面だろう。新たな挑戦に一歩を踏み出した春先の教室か。何でも吸収できそうな気分になる。冷房の利いた夏の電車内も捨てがたい。

朝日歌壇の1首がかつて詠んでいる。

〈めずらしく寝スマ本本スマ寝本　いつも寝スマ寝スマスマスマ寝〉和田由紀。7人掛けのシートで心地よく揺られながら、居眠りとスマホに挟まれて、3人が本を開く。

でもやはり秋の清冽《せいれつ》な空気の中で、だろう。読書週間となり、恒例の古本市でにぎわう東京・

神保町をきのう歩いた。本好きには、じつに楽しく、そして悩ましい催しだ。軒を連ねた出店をひょいとのぞくごとに、思わぬ本との出会いがある。あれもこれもと目移りし、欲望と闘わねばならない。

買ったとて、すぐ読めるとは限らない。自宅では、寝床の足もとまで未読の山が迫っている。一度読んだ本だって再読したい。以前とは違う発見があるはずだ。でも20代から50代の今までに読んだ本を、同じ時間をかけて読み返すだけで、わが一生はたぶん終わってしまう。ああ嘆かわしい。

だが欲望が勝利するのだ。古本市で4冊ほど求め、一つをめくっていたら、買い過ぎを批判する哲学者ショーペンハウエルの言葉に目がとまった。

「書物を買いもとめるのは結構なことであろう。ただしついでにそれを読む時間も、買いもとめることができればである」。やられた。まったく悩ましく、そして楽しいものである。読書というやつは。

モナさんの夢　10・30

11歳のモナさんは、絵を描くのが好きな女の子だ。家があるヨルダン川西岸地区の住民は、イスラエル当局から自由な移動を禁じられ、モナさんも通学のたびに検問所の長い行列に並ばされる。「わたしたちはヤギで、突っ立ってることなんか平気だって思ってるんだわ」

有名な画家になったら簡単に通れるかも。それが夢だ。同じ学校に通う11歳のマハムードさんは、同世代のイスラエル人を知らない。でも「その子たちは、ぼくのこと憎んでいるし、ぼくもその子たちが憎い」。

約20年前に、かの地で子どもたちの声を拾ったデボラ・エリス著『三つの願い』から引いた。幾世代にもわたって続く紛争が、柔らかな心をいかに傷つけ、ゆがめてきたか。それをまだ繰り返すのか。ガザへの攻撃が激しさを増す。8千人を超える死者のうち、半数が子どもだという。

きのうの紙面に12歳の声があった。「母も兄弟も、恐怖でずっと叫び続けている」。空爆におびえるムハンマド少年の目に映ったものを思うと、心が痛む。

戦いは始まったばかりだと、イスラエルは言う。犠牲が増えるほど現地の怒りは燃え続け、終わりは見えなくなる。地域の安定に必要なのは度を超した軍事行動ではなく、パレスチナ人の人権を認めることだろう。

冒頭のモナさんは、検問所のない世界があると知って想像する。誰にもとがめられず好きな所へ行く自分を。「ただ、どんどん、どんどん、どこまでも、どこまでも、行って、行って、行き続けるの」

それぞれのハロウィーン　10・31

異文化から伝わった行事や祭りは数あれど、ハロウィーンほどつかみどころがないのは珍しい。日本に限らず、時代や地域によって多様に変貌《へんぼう》したせいかもしれない。その起源は、現在のアイルランドやその周辺にいた古代ケルト人の季節祭とされる。数千年を経たいま、ほぼ原形をとどめていない。

アイルランドの文豪ジョイスは、短編『土』（結城英雄訳）で大衆が祝うハロウィーンを描いた。主人公はダブリンの女性更生施設で働くマライア。かつて乳母をした男性の一家が彼女をパーティーに招待する。１９０６年の執筆で、当時の迷信や習慣がわかる。

たとえば、マライアが一家で興じたのはハロウィーンには定番のゲームだった。目隠しをして皿にのった物を選び、指輪なら結婚、水は移民、土は死を意味するとされた。施設で出された干しぶどう入りケーキも、この日に欠かせない菓子だ。

ジョイスの物語には仮装もカボチャも出てこない。静かで少し不穏な空気が漂っている。死や魔女、火といった象徴はうかがえるが、百年余でこれほど変わるのかと驚く。

そもそもケルトの暦では、11月1日が冬の始まりで「新年」だったという。前夜は死と生を隔てる壁が破られ、祖先や死者が戻ってくるとされた（鶴岡真弓『ケルト再生の思想』）。

厳かだった夜は、映画や商売人らの仕掛けで世界中の人気行事となった。歴史が浅い日本で、どう変わっていくのか。ハチ公像が白い幕で覆われた東京・渋谷を歩きながら考えた。

2023・10月

2023

11
月

さよなら国立劇場　11・1

「まさに大変なことになったものである」。専門誌『月刊文化財』に1966年、こんな書き出しの記事が掲載された。筆者は、戦後の文部省で局長を務めた寺中作雄。「国立劇場の誕生」と題し、日本で初めて国立の劇場ができた経緯をたどった。大変だと言いつつ、行間から喜びが伝わる。

役人時代から型破りで、義太夫節や油絵を趣味とした寺中は率直に書いた。「従来文化政策などというようなことにはきわめて関心の薄かった日本の政府が、今度こそ腹を決めて四〇億という国帑《こくど》を惜しみなく投入」した。これは「日本文化史上の一大異変」であると。

設立は、明治期から演劇人らの悲願だった。何度も立ち消えになり、計画が具体化したのは戦後10年のころだ。進駐軍の兵舎跡地に建設され、66年11月に開場。準備から関わった寺中が初代理事長に就いた。

それから57年。老朽化による建て替えのため、きのうで幕を閉じた。再整備事業の入札が2回とも落札に至らず、2029年度を目指していた新たな出発の見通しは立っていない。

閉場中は新国立劇場や民間のホールなどで公演するが、何年も続けられるのか。力を入れてきた伝統芸能の継承も、担い手の育成に影響が出ないか心配だ。観客の高齢化が進む中、若者も引き込みたい。

私も中学時代に鑑賞教室で歌舞伎を見て以来、文楽や雅楽、現代劇と通い続けた。きのう、静かな劇場で閉場までの日数を示す足踏みスタンプを押した。「あと0」の文字が寂しかった。

クマと人間　11・2

9歳のタマは優しい性格で、クマが歩いた経路をたどるのがうまい。娘のレラは5歳。周辺にいるクマを素早く見つける。どちらも「ベアドッグ」と呼ばれるクマ対策犬として長野県軽井沢町で活躍する。町ではこの13年間、人の生活域での人身被害がない。

タマたち4匹のベアドッグを飼育・訓練するのはNPO法人ピッキオだ。田中純平さん(49)によると、クマの食物が減る夏は親離れの時期とも重なる。若いクマが山で強いクマを避けてえさを探すうち、人里に入ってしまう。

深夜から早朝に歩いて監視し、クマがいればベアドッグの出番だ。大声でほえて一気に山へ追い返す。「人間も怖いとクマに覚えさせるため、私も一緒に大声を出します」と田中さん。

全国で人への被害が相次ぐ。環境省の速報値では、今年度の人身被害は先月末時点で180人。最悪だった20年度をすでに上回った。住宅地に出没する状況をベアドッグが解決できないか。田中さんに尋ねると、「簡単ではない」と即答された。

20年続けてきたピッキオも失敗と模索の連続だったそうだ。飼育や訓練は根気がいる仕事で、予算や人材、覚悟も必要だ。現在は6人で担当し、予算の半分は町からの委託費を充てる。残りは収益でまかなうため、冬眠中は2人が別の業務へ移るという。

クマを人里に来させない方法は土地により異なる。それを解くカギは地域を熟知した人や組織にあるはずだ。「駆除するだけでは解決しない」。田中さんの言葉が重く響く。

愚か者はだれか　11・3

「経済こそが重要なのだ、愚か者め」。31年前の米大統領選でクリントン陣営が掲げた有名なスローガンである。現職で再選を目指したブッシュ氏は、冷戦終結や湾岸戦争での成果を強調したが大敗した。有権者の心を読んだ戦略は「選挙に勝つには経済」を印象づけた。

古い記憶がよみがえったのは、先月の所信表明演説で岸田首相が「経済、経済、経済」と繰り返したからだ。直前には自民党幹部らに所得減税の検討を指示していた。そこへ「経済」の連呼と来れば、選挙向けかと思うのは当然だろう。

きのう、政府の総合経済対策が閣議決定された。ばらまき色が強いが、目玉は1人4万円の定額減税だ。税収が増えた分を還元するという。納税者としては喜ぶ前に、いくつもの素朴な疑問が浮かぶ。

日本の財政は先進国で最悪の水準だ。還元するより、借金返済に回すべきではないか。急な物価高への対策だったら、来年6月では遅すぎないか。減税しきれない狭間《はざま》の所得層へはどう対処するか。防衛増税はどこへ行ったか。

高校時代に読んだ経済学の入門書には、税制の3大原則は「公平、中立、簡素」とあった。歳出に対しては財源を確認せよとも習った。だが、今回の減税はわかりにくい。財源もよくわからない。

税金については国税庁もホームページで、その法律や使い道は議員が決め、議員を選ぶのは選挙だと説く。減れば支持し、増えたら離れるという単純なものではないのだ。今の有権者をなめてもらっては困る。

１００年前の日常　11・4

氷が張った湖でスケートに興じる人々。鉄棒にぶら下がってはしゃぐ男の子。京都の「おもちゃ映画ミュージアム」で上映された『9½㎜』を見た。日本を含む14カ国の古いアマチュア映像をつないだ作品だ。映画の保存に取り組む欧州の非営利団体が製作した。

主に戦前の日常なのだが、不思議な感情に包まれた。懐かしくて、少し寂しいような。どれも１９２０年代からフランスのパテ社が販売した9・5ミリフィルムで撮られた。小さくて軽いカメラや映写機はパテベビーと呼ばれた。

個人で撮影から現像、映写ができ、世界中で人気を呼んだ。日本には１００年前に輸入され、専門誌も発行された。「本国に引けを取らぬほど大流行した」（福島可奈子『混淆《こんこう》する戦前の映像文化』）という。

かなりの高額で、富裕層を中心に広がった。当時の東京朝日新聞に載った広告には「秋晴れの朝心地よく撮影して／その晩すぐ御宅で映写の出来る」とある。母親が子どもを撮り、父親が映すイラスト付きだ。

2023・11月

戦時色が濃くなると、金持ちの道楽だと糾弾された。雑誌も廃刊になり、表舞台から姿を消す。京都の上映会を開いた太田米男さん(74)は「戦前には暗い印象があるが、映像の人々は明るい。そんな小さな真実を伝えるためにも、フィルムを探し続けたい」と話す。

パテベビーはいまにつながる日常の記録の原点だ。この連休中、景色や行事へスマホを向けるときは、少し意識してみようか。100年後の人々に伝わる映像として。

読書バリアフリーを考える　11・5

眼鏡をかけた男の子が、手にした本のページを一心に見つめている。ニコニコとして、いかにも、うれしそうだ。いま、彼は読書を楽しんでいるな。東京にある豊島区立中央図書館のベテラン司書、石川典子さんは見ていて、胸がいっぱいになったという。

男の子が読んでいたのは、視覚に障害がある人向けの大きな活字の本だった。今春、同図書館は「りんごのたな」というコーナーを新たに設けた。触って楽しむ本や読みやすさに工夫をこらした本が、ずらりと棚に並んでいる。

「すべての子どもに読書の喜びを」との思いを込め、石川さんたちは本を選んだという。「こういう本が読みたかったんです」。視力が徐々に失われていく病気の子の母親には感謝された後、言われた。「以前はなかったですよね」

棚の案内に「障害」という言葉はあえて使っていない。「多様性を考える本」などと呼ぶことにした。年老いれば、みな視力が衰え、体も自由がきかなくなる。読書バリアフリーは、誰しもが直面する問題である。

重度障害の当事者である市川沙央《さおう》さんが、芥川賞の受賞会見で放った重い言葉を思い出す。「読みたい本を読めないというのは権利侵害だ」。恥ずかしながら、頭をガンと打たれた気がした。「障害は訪れる人ではなく、サービスをする図書館の側にあるのだと思いました」。どうすれば、もっと多くの人が読書を楽しめるようになるのか。「私たちもまだまだ、これからです」。石川さんはそう話している。

壁と卵と日本外交　11・6

その日、評論家の加藤典洋氏は少しがっかりし、そして、ちょっとだけ怒っていたそうだ。2010年の秋のこと。不満は村上春樹氏の発言についてだった。文学者のマイケル・エメリック氏が、加藤氏の著書『村上春樹の世界』の解説に書いている。

村上氏は前年にあの「壁と卵」演説をした。「どんなに壁が正しく、どんなに卵が間違っていても、私は卵の側に立つ」。イスラエル要人のいる場で、パレスチナへの軍事攻撃を暗に批判した。

世界に広く発信された、この崇高なメッセージを、加藤氏は高く評価した。ただ、だからこそ、演説の後、「自分は正直こわかった」と村上氏が本音を吐露したと聞き、残念に感じたらしい。「村上ほどの小説家は、そんなことを言ってはいけない」

理想を語るとはそれほどまでに尊く、重いということなのだろう。あれから13年。きょうもガザでは「卵」が無残に潰され、焼かれ、撃たれている。現下の惨状を止めるために、いま私たちは何を語るべきなのか。

上川陽子外相の中東訪問で、記者の質問が飛んでいた。イスラエルの侵攻において、国際法は守られていると考えるか。外相は答えた。「確定的な法的評価は控える。一般論として……」

外相が作家のように語れないのはよく分かる。でも、歯痒《はがゆ》い。外交とは、この国が何を大事にしているのかを示す場でもある。多くの無辜《むこ》の人命が奪われている。もう少し理想を感じさせる言葉はないものか。もう少し、何とかならないか。

38年ぶりの阪神日本一　11・7

バース、掛布、岡田の活躍を授業中に知りたい。中学の同級生たちは一計を案じた。教師にばれないように、胸のラジオからイヤホンを延ばして制服の袖を通し、ほおづえを装って中継を聞く。時々ピクリと体が動くのがわかった。

1985年の思い出だ。今と違って、日本シリーズは昼だった。レールを走るのはまだ国鉄で、「8時だョ!全員集合」が終わり、電電公社から変わった「NTT」が新語に選ばれた年だった。書きながら隔世の感に打たれている。若い読者はなおさらだろう。

じつに辛抱強く、ファンは待ち続けた。夢の再来を信じては裏切られ、でも手を切れず。昭和から令和へと元号をひとつ飛び越えて、38年ぶりに阪神タイガースが日本一に輝いた。「長かったですね」。岡田彰布《あきのぶ》監督の一言には万感の思いがこもっていた。

名選手必ずしも名監督ならず、と言われるのは、人間どうしても、過去の成功に引きずられるからだろう。しかし岡田監督は著書『そら、そうよ』で書いている。目指すのは自分がやりたい野球ではなく、チームにあわせた野球だ、と。

現役当時もロッカー室で指していたほどの将棋好きだという。何手も先を読む。鋭い眼力に、年季の入った円熟みが加わった。采配に応えた選手たちが栄光をひきよせた。

記念セールがきのう始まった。前回はまだ消費税のない時代だった。しかし10%に……いや、やぼなことは言うまい。財布からお金が飛んでいく。ファンにはうれしい悲鳴でしかない。

夏日と立冬　11・8

俳句づくりのうえで、好ましくないとされる一つに「季重なり」がある。17文字の中に季語が複数ふくまれていることだ。ましてや、それぞれが違う季節を指せば、盛り込みすぎとの批判は免れがたい。

もっとも、村上鬼城《きじょう》のような一句もあるから、不可侵の法則ではないのだろう。〈小春日や石を噛《か》みゐる赤蜻蛉《とんぼ》〉。旧暦で冬にあたるうららかな日、秋のトンボが命果てる前にじっと虚空をみつめる。季節は流れる。いまという瞬間の中に、過ぎた日々は影を落とし、未来の萌芽《ほうが》は潜む。移ろいの妙である。

さて、このごろはどうしたものだろう。目の前の情景をありのままに写し詠めば、避けるべき

「季重なり」も当然だと言いたくなる。きょうは立冬でありながら、東京都心ではきのう最高気温が27度を超えた。人いきれの蒸し暑さで、通勤電車の中では空調がかかっていた。

都心では今年、これで143日目の夏日だという。ここから急速に秋が深まるとの予報だが、一年のうち夏が4割を占めるというのはさすがに尋常でない。地球温暖化の表れだろう。

亜熱帯の沖縄には、小春日ならぬ「小夏日」という季語があるそうだ。初冬にかけての強い陽光で、春というよりも夏がぶり返したような暑さに見舞われる日がある。先週訪れた時も、多くが半袖姿だった。〈小夏日の最前列にさんぴん茶〉玉城幸子。

ゴーヤーや泡盛など、沖縄から本土に広まってうれしいものはたくさんある。でもこの季語だけは、ごめんこうむりたい。

旧統一教会の会見　11・9

買い物上手の男が、知り合いに請われてともに瀬戸物屋へ出向いた。入り用なのは大きな壺《つぼ》なのに、男はなぜか小さいのを3円で買う。2人で辺りをぐるっと巡るとまた店に戻って、やっぱり大きいのと取り換えてくれと番頭に頼む。落語「壺算」である。

値段は倍の6円でよろしく、と男は強気だ。「さっき3円払ったろう。店に返すこの小さい壺が3円。あわせてちょうど6円。じゃ、もらってくぜ」。口車に乗せられているうちに、どつぼにはまっていく番頭の困りっぷりがおかしい。

立て板に水の弁舌といえば、おとといの旧統一教会の会見も、かなりなものだった。なのに、よくよく聞いていると、番頭なみに頭が混乱する。田中富広会長は「心からおわびする」と確かに頭を下げた。しかし、それは「謝罪」ではないという。

さらに驚くのは、被害の内容がはっきりしていないから「被害者」という言葉は安易に使わない、と述べたことだ。いったい誰に何をわびたつもりなのか。これは何のための会見なのか。まったく理解に苦しんだ。

要は、献金問題などの「組織性、悪質性、継続性」を否定して、解散命令の審理を牽制《けんせい》する狙いだろう。問題の原因は信者の「行きすぎ」にあって、組織の体制ではないとも言った。

よどみない語りは頭に入りやすい。でも、うのみにすればどうなるか。熟練したばくち打ちは、思いどおりにサイコロの目を出せたという話を思い出す。そこから生まれた言葉がある。「思う壺」である。

水晶の夜　11・10

雨の降る夜。若いユダヤ人夫婦がまず気づいたのは、ガラスの割れる音だった。わめき声がアパートに響き、大勢の靴音が部屋に近づいてくる――。1938年のきのう、ドイツ全土でユダヤ人への迫害が始まった。商店や教会などが略奪・放火され、道はガラス片で覆われた。「水晶の夜」と呼ばれる惨劇である。ユダヤの青年がドイツ外交官を殺したことへの報復が理由とされた。ナチスは政策として隔離を進め、やがてアウシュビッツなどの強制収容所につながる。

差別と苦難の歴史をユダヤ人は歩んできた。一つひとつが、人類として忘れてはならぬ記憶である。だがいま、異なる民族を壁の中に閉じ込めて、報復の砲弾をその頭上に降らせているのは、果たして誰か。

「パレスチナの人々はジェノサイド（集団殺害）の重大なリスクにさらされている」。国連の専門家グループは先日、イスラエルがガザ地区への侵攻を続けることに「深い不満」を表明した。

残念ながら、いまのところイスラエルは聞く耳を持っていない。軍の侵攻はガザ市中心部まで達した。問題は政府であって、民族や国民がみな支持をしているわけではあるまい。だが暗澹《あんたん》たる気持ちになる。圧倒的な悲劇を経てもなお、負の歴史を繰り返すのか。
林志弦《イムジヒョン》著『犠牲者意識ナショナリズム』から言葉をひく。「ぞっとするようなホロコーストからくむべき教訓は、私たちも犠牲になりかねないということではなく、私たちも加害者になりうるという自覚だ」

詐欺師に必要なのは　11・11

2人の詐欺師がギャングをわなにかける。競馬中継を利用したイカサマ賭博で大もうけできると思わせ、逆に金をまきあげようというのだ。映画「スティング」は、軽快なテーマ音楽とともに1970年代に人気を博した。

主人公たちは、ギャングを信じ込ませるために、にせの賭博場をつくる。出走馬の名前を書く黒板や豪華なシャンデリア、現金窓口の鉄柵などを空き家に運び込んで、見せ金やサクラも準備する。

そんな大がかりな細工は、こちらの事件では無用だっただろう。何しろ現場は、ソフトバンク本社の会議室だったというから驚く。40階建ての高層ビルの一角だ。部長と課長らが、12億円を男性からだまし取ったとして、先日逮捕された。

会社のロゴ入りの資料などを20人以上に配り、システムの入れ替えに融資してくれる投資家を探している、と切り出したそうだ。「20％の配当が得られる」「決裁権者は私」。その舞台装置でそこまで言われては信じても無理はない。

「スティング」のネタ本とされるデイヴィッド・W・モラー著『詐欺師入門』が、一流の詐欺師となるのに必要な資質を挙げている。ゴシップから政治経済まで相手に話題をあわせられること、かといって頭が良すぎるという印象も与えないこと、だれからも好かれること。

加えて、そんな演技を続けられることが必要だという。いやはや映画俳優でもあるまいに。詐欺師にとっての第一歩は、他人よりも、自分自身をだますことなのかもしれない。

ある映画人の訃報　11・12

世界中を訃報《ふほう》が駆け巡ったこの週末、映画人たちが悲しんでいる。パリを拠点に長く各国のアート系映画を広めてきたヘンガメ・パナヒさんが、闘病の末に亡くなった。享年67。日本映画が1990年代後半から再評価されたのは彼女に負うところが大きい。

世界での配給権を売買する会社を創設し、多くの才能を見いだした。社名のセルロイド・ドリームズは、ヒッチコックがフィルムの材質にかけて仲間を「セルロイドの商人」と呼んだのにちなむ。作家性の高い作品を好み、カンヌなど主要な映画祭の幹部らの信頼も厚かった。

パリで彼女に会ったのは14年前。「裏方に徹し、取材は受けない主義」だと言いつつ、2日で7時間も語り続けた。イラン出身で革命前に欧州へ移住した生い立ちや、中東やアジアで優れた監督を見つける喜びも。

日本映画を愛した。溝口健二ら巨匠を尊敬し、新たな時代の到来も予見した。独自の審美眼で北野武さんをはじめ、是枝裕和さん、河瀬直美さんらの作品を世界へ送り出した。

27年前に初めて北野作品を見せたのは、ユーロスペース代表の堀越謙三さん(78)だった。「彼女の剛腕なしでは、日本映画の復興はなかった」と惜しむ。入念に海外戦略を練り、97年のベネチア国際映画祭へ送り出した「HANA－BI」は金獅子賞に輝いた。

パリの事務所では、六つの時計が別々の時を刻んでいた。東京か、ニューヨークか、シドニーか。彼女の鋭い視線はいま、どこで映画を探しているだろう。
＊11月5日死去、67歳

なぜなら、私はタックスマン　11・14

ビートルズが、政治的メッセージを曲に込めるようになったのはいつからか。諸説あるようだが、その一つは7作目のアルバム『リボルバー』の1曲目、ポールの軽快なベースラインが印象的な「タックスマン」からとされる。

1960年代、最高税率を「95%」にするとの英政権の増税策に、彼らは腹を立てたらしい。税務署員を揶揄《やゆ》した歌詞にはこうある。〈5%は少ない？　全部でないのに感謝あれ。なぜなら、私はタックスマン〉

理由は違えど、日本の納税者もいま、怒っているのではないか。タックスマンの大元である財務省の副大臣が、税金の滞納で4度も差し押さえを受けていた。事実関係を認めた後も平然と居座り、きのうやっと、辞任した。

岸田政権が打ち出した所得減税や、防衛費の大幅増額のための増税の話などが、国会で議論されるなかでのことだ。これほど適材でない人物を、よくぞ要職に任命できたものである。

納得できないのは、いまに至るも、誰からもしっかりした説明がないことだ。「本人が説明責任を」と他人事のように繰り返す官房長官の弁には、もう食傷気味である。首相は「任命責任は、重く受け止める」と口にするだけで、またもや何ら責任をとらないつもりか。

税という敏感な問題に、この政権は極めて鈍感である。私たちは何のために、真面目に税金を払っているのか。〈尋ねてはなりません。これ以上、税金を払いたくないならば〉。痛烈な皮肉を込め、ビートルズは歌っている。

米中首脳に望むこと　11・15

当時はまだ国家副主席だった習近平《シーチンピン》氏が訪米したのは2012年のことだ。オバマ政権は異例の厚遇ぶりを示した。中国の次のリーダーがどんな世界観の持ち主なのか、直《じか》に見極めたかったのだろう。

隔世の感があるが、両国が協調の未来を夢見ていたころの話だ。ただ、すでに暗転の予兆はあった。「腹いっぱいでやることのない外国人が、中国の欠点をあげつらっている」。人権批判に反発する、そんな習氏の発言も伝えられていた。いまに続く強硬外交のはしりだったか。

その後、首脳間の会談を重ねるごとに、大統領の顔に失望の色が濃くなっていくのが見て分かった。オバマ氏が習氏の発言を遮って、トイレに立ったとの話も聞いた。

紆余《うよ》曲折の歳月を経て、対立を深めてきた米中の首脳が、日本時間のあす、サンフランシスコ近郊で会談する。軍同士の対話再開や台湾問題などが議題だという。だが、それだけでいいのか。両国の繁栄の土台だった国際秩序はいま、激しく揺らいでいる。ロシアのウクライナ侵攻しかり、ガザの惨状しかり。国際法に反した暴力がいとも容易に振るわれ、無辜《むこ》の民が無残に殺される。人類が築いた道義の箍《たが》が、まるで外れてしまったかのようである。

二つの大国の指導者には、何とかお願いしたい。戦禍に覆われた、この世界を変えねばならない。そのために、米中の影響力をいかに発揮するか、じっくり話し合ってはもらえぬものか。儚《はかな》い願いとは知りつつも、そう思わずにはいられない。

タカラヅカとタテ社会　11・16

私たちは序列の意識なしには席に着くこともできないし、しゃべることもできない――。社会人類学者の中根千枝さんは、名著『タテ社会の人間関係』にそう書いた。1967年に出た同書は、先輩後輩といったタテの原理が根強い日本社会の歪《ゆが》みを、鋭く指摘する。

あれからゆうに半世紀以上。いまだにその論考が色褪《あ》せることなく感じるのはなぜだろう。宝塚歌劇団の劇団員だった25歳の女性が、自殺とみられる死をとげた問題である。

遺族は、先輩からヘアアイロンを押しつけられるなどのパワハラを受けた、と訴えている。ところが、歌劇団はおととい、調査報告書を公表し、ハラスメントは確認できなかったとした。

記者会見を聞いて、首を傾《かし》げた。女性は先輩から指導や叱責《しっせき》を受けるなか、くり返し「ウソをついていないか」と問われ、心理的に追い詰められていったという。「ウソつき野郎」と言われたとも周囲に話していた。歌劇団はそれらを承知しながら、パワハラは認めなかった。

宝塚はトップスターを頂点とする、厳しい上下関係の序列組織である。数年前まで宝塚音楽学校には、先輩の前では定められた表情や言葉しか許されないとの不文律もあったそうだ。伝統の美名に隠れた閉鎖的なタテ社会が、卑劣ないじめを生んではいなかったか。

タカラジェンヌの華やかな舞台がいかに素晴らしくとも、その裏で理不尽な苦しみに耐え、涙を流している人がいるのだと思えば、楽しめない。そんな宝塚は見たくない。

レンコンと獅子頭　11・17

この季節になると、食べたくなる味がある。「獅子頭《シーツートウ》」と呼ばれる中国江蘇省の名物料理である。獅子の頭に見立てた大きな肉団子が、とろりと煮込んだ白菜のスープに入っている。人民宰相と呼ばれた周恩来が、こよなく愛した故郷の味だ。

長年、周に仕えたコックが、引退後に開いたという名店が北京にあった。上品な塩味にひかれ、何度か通ったのを思い出す。食通の友人によれば、おいしさの秘密は「コリコリとした独特の食感」という。柔らかな肉の合間に、小さく刻んだレンコンが入っていた。

これが何とも絶妙の歯ごたえで、硬すぎてうるさくもなく、かといって、ゆるすぎでもない。味覚だけでなく、口のなかでの触の感を大切にするのが、食にこだわる中国の人々の粋なのだと教わった。

レンコンは地味だが、さりげない存在感がいい。いくつも空いた穴が未来を見通すとされ、縁起の良い食べ物とも言われる。そういえば、我らがフーテンの寅さんも歌っていたな。〈ドブに落ちても根のある奴《やつ》は　いつかは蓮《はちす》の花と咲く〉。

きょうは、レンコンの日だそうだ。一大産地である茨城県で、30年ほど前のこの日、全国の農家が集う大会があったことにちなむとか。いまや年中、スーパーに並ぶなじみの食材だが、本来の旬は晩秋から初冬にかけてというから、ちょうどいまごろだ。

〈ぬくき泥つめたき泥と蓮根《はすね》掘〉福田蓼汀《りょうてい》。水を抜いた蓮田で泥だらけになっての「蓮根掘る」

は、冬の到来を早々に告げる季語である。

子守唄の記憶　11・18

遠い日の淡い記憶がある。祖母が口ずさむ歌が流れていた。いま思えば、イタリアの「フニクリ・フニクラ」のような旋律だったかもしれない。タン、タタン。リズミカルな曲だった。自宅の庭か、畑か。祖母は草むしりをしながら、歌っていた。

「たぶん、幼い私はそのときに、歌は心地よいものだと知った気がします」。『世界子守唄紀行』の著書がある立命館大学教授、鵜野祐介さん(62)は穏やかな口調で、そう言った。

なぜ、人は子守唄を歌うのか――。鵜野さんは世界各地をめぐりながら、そんな問いを考えてきた。もちろん、子どもを寝かしつける歌なのだが、果たしてそれだけだろうかと。

実際に子守唄といっても、「竹田の子守唄」やシューベルトの〈ねむれ　ねむれ　母の胸に〉のような、郷愁を誘う曲ばかりではない。アフリカには、激しく太鼓を打ち鳴らす子守唄があるし、いくつかの国では子どもを怖がらせる歌詞もあるそうだ。

気づいたのは、子守唄が弔いの歌と似ていることだった。他界した親しい人に歌うのも、幼き子に歌うのも、返事をしない魂に向け、思いを届けようとする行為にほかならない。それは無意識であれ、歌い手の心も癒やしている。

ひょっとすると、まどろみのなかで耳にした遠い調べは、かけがえのないメロディーであったのかもしれない。鵜野さんは言う。「へこたれそうなとき、人を支えてくれる力が、子守唄にはあるのでしょう」。あなたの記憶にある最初の歌は、何ですか。

古都の紅葉　11・19

古都の秋をめでようと京都へ足を延ばした。向かったのは、紅葉で有名な洛北の圓光寺《えんこうじ》。参観者は、枯山水の庭から門をぬけて書院の中へ導かれる。薄暗い室内でひざを折ると、光あふれる「十牛之《の》庭」が絵巻のように広がった。

鮮やかな緑。染まり始めた黄や紅。この時期に初めて訪れた身としては、感に堪えない美しさであった。そして色彩の競演を背景に、眺め入る姿が黒々と浮かぶ。陰影の美でもあった。

地元の方によれば、暑さが続いたためか、一帯は例年とは少し様子が違うそうだ。「いつもならこの木はもう盛りのはずですが、今年は遅いようで」。染まりきる前に落ちてしまう葉もある、と残念がっていた。ただ、苔《こけ》に散り敷く紅葉にも自然の美しさは宿る。

加えて、平家物語にはこんな話もある。風に飛ばされた紅葉を宮中の役人がかき集めて、酒を温める火にくべてしまった。風情のわからぬやつめ、と叱られるかと思いきや、高倉天皇は「林間に酒をあたためて紅葉を焼き《た》」という白居易の詩を引き、詩情のある者よ、と感心したという。

枝で麗しく、落ちて惜しまれ、たかれて詩になる。紅葉の魅力は一様でない。古来、人を引き付けてやまないのは、それゆえだろう。

関東から西では、これから見頃となるところが多いそうだ。〈昨日より今日はまされるもみぢ葉の明日の色をば見でや止《や》みなん〉恵慶法師。色が深まっていくことを知りながら、見届けずに帰らねばならない。思いを同じくして帰路についた。

紙飛行機の「神様」逝く　11・20

いつの時代にも、子どもたちから敬われる「神様」がいる。多くの大人は名も知らないが、少年少女にはキラキラと輝いて見える。二宮康明さんもそんな一人だ。月刊誌『子供の科学』で、ケント紙を切り貼りしてつくる「よく飛ぶ紙飛行機」の連載を49年も続けた。

部品を切り抜き、接着剤が乾くのを辛抱強く待ったら、翼のゆがみを直して試験飛行をくりかえす。「自分で根気よく工夫すること」が大切だと説いていた。科学やものづくりの楽しさに目覚め、人生の扉を開いてもらった子は少なくないだろう。

出来あがった機体は、私の宝物だった。凪のない晴れた日。真っ白な翼がスーッと青空を切り裂いてゆく。やったぞと喜んで、拾いに駆け出す。幼いころの思い出だ。

二宮さんが本格的に紙飛行機とかかわり始めたのは１９６７年。アメリカで開かれた初の国際大会で、いきなり滞空時間と飛行距離で優勝した。以来、３千機を設計した。独自にデザインした機体の曲線は、雲形定規をつかっても再現できない。「二宮ライン」と呼ばれたという。

享年97。二宮さんが先週亡くなった。その10日前には東京都武蔵野市の公園であった全日本の大会に顔を見せたばかりだったそうだ。

週末、同じ公園で紙飛行機教室が開かれていた。幼い子が放った機体が、ひゅっと舞い上がる。何にも縛られぬ紙飛行機は自由の象徴である、と二宮さんは書いていた。機影を追う。見上げる。神様を連れていった秋の空が、とても高く見えた。

＊11月15日死去、97歳

アナン氏の無念　11・21

「せいぜい状況証拠にすぎないものを決定的新事実だというのは何故なんでしょう？　われわれがそれほど簡単に納得すると思っているのでしょうか」。側近が当惑の声をあげた――。21年前の会合について、国連事務総長だったコフィ・アナン氏が回顧録『介入のとき』で振り返っている。

イラク開戦へと突き進む米国にとって当時、大量破壊兵器が存在すると示すのは「大義」をかけた重大事だった。だが、ＣＩＡ高官がアナン氏に見せた数々の写真はただのビルにしか見えなかったという。そもそも存在しなかったのだから、当然ではある。

今回はどうか。イスラエル軍が先週、ガザのシファ病院へ地上部隊を突入させた。地下にイスラム組織ハマスの「司令部」があるから、というのが理由だ。直後から「いま見つかった」と、医療機器の横に置かれた自動小銃や手投げ弾などの映像や写真が公開され始めた。

ハマス側は否定している。一部メディアはイスラエル軍に同行し、敷地内の穴を見た。患者や医師らとの接触は許されなかったという。米紙は「ハマスが病院を隠れみのにしたのかはわからなかった」と伝えた。

「ハマスがいるから」で侵攻が正当化されるのならば、ガザのあらゆる場所が攻撃対象になる。すでに犠牲者は1万3千人にのぼり、事は急を要する。

アナン氏が常に心を寄せたのは、中東地域の人々だった。イラク戦争を止められなかったことを「最悪の経験」とした彼が存命だったら、何と言っただろう。

自然の摂理に抗うには　11・22

〈妻のみが話しつづけて退職後第一日の午前は終《おわ》る〉武田弘之。夫にとって第二の人生が始まった日の光景である。もう縛られることはないのに、時間が気になるのは長年の習慣か。妻の立場で言えば、しゃべり続けたのは少し寂しそうな夫への思いやりにもみえる。

きょうは「いい夫婦の日」。11月22日の語呂合わせだが、絆を確認する機会になるか。同性カップルあり、事実婚の夫婦あり。共働き世帯が専業主婦世帯を上回ってから30年にもなる。パートナーのあり方は多様化している。

企画取材のために30年ほど前、夫婦の満足度に関する様々な海外の論文を読んだ。結婚直後は高かった満足度が徐々に下がり、年を経ると再び上がる「U字型推移」の仮説が注目されていた。だが後の研究で、米国などでは否定されたらしい。

日本ではどうかと、西野理子編著『夫婦の関係はどうかわっていくのか』を読んだ。全国調査の分析では、夫婦の満足度は下がる一方だったという。子どもが巣立っても年を重ねても好転しない。「何もしなければ徐々に悪化していくのが自然の摂理」との指摘は衝撃だった。

それでも、打つ手はある。「会話、情緒的サポート、夫の家事」が増えれば、夫婦とも満足度は上昇した。寄り添い、見守る加減が幸せを続ける鍵になる。

〈やさしさもりんご一つの距離おきてかたみに暮らす熟年夫婦〉前田靖子。この絶妙の距離感は、苦楽を共にした日々がもたらしたものか。難しいけれど、まあぼちぼちと。

持続可能な観光地とは　11・23

水や家財を載せて運河をのんびりと行き交う小舟。広場で遊ぶ子どもたち。ベネチア出身の友人が、1940年代に撮られたという白黒映像のリンクを送ってきた。「昔々、ベネチアには普通の暮らしがあり観光客はいませんでした」と、皮肉っぽいメッセージが付いていた。

その「水の都」が、オーバーツーリズムに苦しんでいる。コロナ前は人口5万の旧市街に、日帰り客を含め年間2千万人が訪れた。橋も広場も観光客であふれ、家賃の高騰で住民は去った。住宅は民泊に、レストランはテイクアウト店になり風景も変わった。

京都は、鎌倉は、河口湖畔は大丈夫だろうか。そんな不安を覚えるような回復ぶりである。先月の訪日外国人数が、コロナ前を初めて超えたという。政府は2025年までにコロナ前の年間3188万人を超える目標を掲げる。だが、数字を伸ばせば良いというものではない。

「住んでよし、訪れてよし、受け入れてよし」。岸田文雄首相は、持続可能な観光地をこう表現する。客の受け入れと住民生活の質の両立を目指し、支援していくという。人の移動が再開した今ごろかとも思うが、事態は待ったなしだ。

欧州では、観光税を課してごみ処理費用などに回したり、民泊規制を強化したりしているが、どこも苦戦している。どの対策にも地域の協力が欠かせない。

できるだけ多く来て欲しいではなく、どれだけ受け入れられるか。そこから始めるしかないだろう。「三方良し」の対策は、たぶんない。

別人にはなれない　11・24

過去を捨て、別人として生きる。そう決めた「彰子《しょうこ》」は、犯罪を重ねて他人の戸籍を乗っ取っていく。31年前に出た宮部みゆきさんの小説『火車《かしゃ》』は、いま読んでも恐ろしい。彰子は常に同年代で身内のいない女性を狙う。自己破産を知った婚約者に問い詰められ、姿を消す。本物の自分には、際立つのは、他人を利用しつつも1人で逃げ切りを図る彰子の決意の強さだ。両親の借金など暗い過去がある。だから絶対に戻らないし、戻れない。追う刑事も、「鉄のような存在意志」だと舌を巻く。

なぜ、法を犯してまで別人にならなければいけなかったのか。そう問いたくなる事件が先月、明らかになった。実在しない人物の戸籍を作成した疑いで、73歳の女が逮捕された。24歳年下の架空の妹になりすましたという。

本紙の報道によると、妹が戸籍がなかったのでつくってあげたいと裁判所に説明して戸籍を取得。訪れた運転免許試験場の職員が、40代ではないと見破った。70歳を超えると仕事で不利になり、若くなければ差別を受けるなどと話しているそうだ。

そもそも戸籍は、人が生まれてから死ぬまでの親族関係を公的に証明するものだ。自分が存在する証しに使うものでもあるだろう。たとえ消したい過去でも受け入れて、やり直していくしかない。

冒頭の小説で、彰子は乗っ取った戸籍を「とことん自分のもの」にしようとするが、最後は刑事らに追い詰められる。いくら戸籍をもてあそんでも、別人になることはできない。

故郷へ帰る楽しみは　11・25

旅好きだった向田邦子さんは北アフリカ旅行から帰国してまず、のり弁をつくったそうだ。かつお節も敷き、おかずは卵焼きと肉のしょうが煮。『食らわんか』と題した随筆を読むと、よだれが出てくる。自慢の「海苔《のり》吸い」は梅干し、わさび、刻みのりを入れた椀《わん》に熱い昆布だしを張る。

確かに、海外でこってりした食事が続くと無性に和食が恋しくなる。洋食のない時代ならなおさらだ。幕末に日米修好通商条約の文書を携えて渡米した使節団の村垣範正は、日記に書いた。「古郷に帰りての楽しみは味噌汁《みそしる》と香物にて心地能《よく》食せんことを」

和食の魅力は昆布やかつお節などでとる「だし」につきると思う。東京・上野の国立科学博物館で開かれている特別展「和食」で、科学的な裏付けを知った。日本がだしを取るのに向いている理由のひとつは、軟水だからだ。硬水だとミネラル分が多くて、だしの抽出を邪魔する。逆にシチューのような煮込み料理なら煮崩れしにくい硬水の方がいいそうだ。味を楽しむ日本茶には軟水が、香りを楽しむ紅茶などには硬水が適している。水質と食文化は、切り離せない関係にある。

さっぱりした和食のだしは、健康的だと海外でも人気上昇中だ。最近は、「魚や海藻を煮出して」などと説明しなくても「ダシストック」で通じることが多い。和食がユネスコの無形文化遺産に登録されてから、来月で10年になる。この週末は、久しぶりにきちんとだしを取って、ふろふき大根でもつくろうか。

ストーンズと老いのかたち　11・26

理想の老いとは、何だろう。ロック音楽の代名詞、ローリング・ストーンズが18年ぶりに出した新作のアルバムを聴きながら、そんなことを考えた。しわくちゃのミック80歳、白髪キース79

歳。ドラムのチャーリー・ワッツは2年前に逝った。結成60年を超える長寿バンドだ。

「老いも衰えも、変容がとても人間らしくて、魅力的なんですよ」。日本のファンクラブ会長、池田祐司さん(70)はそう語る。半世紀もの間、ストーンズどっぷりの人生を歩んできた強者《つわもの》である。

近年、高齢化したストーンズのライブには変化がみられるという。昔の曲は音が間引きされている。おやっと思う演奏も増えている。でも、それが心地よい。「失敗も面白くなるバンドです」。ファンたちは味わい深く、楽しんでいる。

新作は彼らにしては珍しく、レディー・ガガら著名アーティストが多数参加した。老練な知恵なのだろう。自分で難しくなった音は、変化を恐れず、助っ人と一緒に作ろうというかのようである。

晩年に失明した哲学者サルトルは「他者こそ私の老いである」との名言を残している。老いてなお盛んなのもいいが、衰えを認め、他者の助けを受け入れ、生き延びようとする。その振る舞いの何と人間らしいことか。

新作に続き、北米ツアーも予定される。ミックらの体を心配しつつ、ヨタヨタになっても頑張れと声援を送りたくなる。池田さんは言う。「ずっと一緒に育ってきたけれど、いまを生きている彼らが、一番好きですね」

2023・11月

被害者が名乗れない社会　11・27

日々のニュースを見ていて、以前とは変わったなと思うことの一つに、事件や事故の被害者の匿名の多さがある。どんな人が被害にあったのか。実名で詳しく報道するのが、悲劇の再発防止につながる。そう叩《たた》き込まれた世代の新聞記者としては、複雑な気持ちである。

被害を受けた本人や家族が名前を明かしたくない大きな理由は、誹謗《ひぼう》中傷を恐れてのことだという。悲しみにくれる人々に対し、心なき暴言がＳＮＳで投げつけられる。極めて理不尽とはいえ、いまの世の歪《ゆが》んだ現実である。

先日も、ジャニー喜多川氏からの性被害を訴えていた男性の悲しい死が伝えられた。自殺とされている。「金が欲しいんだろう」といった中傷を受けていたそうだ。こんなことが、繰り返されてはいけない。

2年前、北海道・旭川で中学生の広瀬爽彩《さあや》さんが自殺した事件では、いじめを訴える遺族が氏名を公表した。実名は「娘が頑張って生きてきた証《あか》し」とする母親の言葉に、胸を打たれた。大切な名前を預かって、それを報道していく。自らの責務の重みを、かみしめる。

「衆口、金をとかす」と言えば、無責任なうわさや悪口の広まりが、正義を破壊しかねないとの意味である。ただ、中国の故事による、このことわざには前段もある。「衆心、城を成す」。多くの人が良心に従えば、社会は必ず正される。そうであれと願いたい。

今年も「犯罪被害者週間」が始まった。いま、あえて問う。被害者が名乗れない社会とは、何なのだろう。

ＡＩが描いた手塚治虫　11・28

手塚治虫は、締め切り当日なのに、代表作『ブラック・ジャック』が手つかずだったことがある。他の仕事を片づけた徹夜明けの脳みそで、手塚は土壇場から複数のあらすじ案をひねり出す。「案を四つ考えるんです（略）四つとも駄目だと（編集者が）いったら、もう一回四つ考える。その中で選んでもらうわけです」。作品のためなら時間も労力も惜しまない。鉢巻きをしめ、ペンを走らせる。吉本浩二、宮崎克著『ブラック・ジャック創作秘話』が伝える光景には、鬼気迫るものがある。

そんな執念はもはや遺物なのか。最新号の週刊少年チャンピオンで、ＡＩを使って描かれたブラック・ジャックを読んだ。機械の心臓を持つ少女の病気に挑む話だ。

過去作を学んだＡＩが、人の求めに応じたシナリオ案を示し、新キャラクターの原画も作ってくれたそうだ。ＡＩだから、四つどころか、何回だめ出しをしても全くめげずに案を出す。それが魅力だったと編集部はコメントしている。

技術の進歩は速い。今回は人が創作の手綱をにぎったが、ＡＩの補佐役になる日がいずれは来るかもしれない。その作品に、何かを表現したいという情熱は、どう刻まれているだろう。ものを生み出すことの価値とは。思いが去来した。

かつての作品に、主人公が恩師の医者から問われる場面がある。「人間が生きものの生き死にを自由にしようなんて、おこがましいとは思わんかね」。同じセリフをＡＩが書いたら、人は感動を覚えるだろうか。

ガザ戦闘休止の延長　11・29

教育番組などを対象にした国際コンクール「日本賞」のグランプリ作が先日決まった。「トゥー・キッズ・ア・デイ」。イスラエル軍に石を投げて投獄されたパレスチナの少年たちを追った海外ドキュメンタリーだ。

平和に慣れた目に、映像は衝撃的だ。ヨルダン川西岸地区で軍は通告する。「投石するならば全員殺す。一人残らずだ。子どもだって容赦しない。殺しに行く」。そして夜。銃を持った兵士が家を急襲し、目隠しして連れて行く。

14歳のアリは手錠をはめられたまま、取り調べでしくしく泣いた。そして17歳になったいまも幻に悩む。「怖いんです。夜になると彼らが来るのが見える」。服役は1～4年に及んだ。同じような子が、あの帰還者の中にもいたはずだ。

ガザ地区の戦闘休止で、イスラエルは収監中の150人を釈放した。投石した人や少年が含まれていたと報じられている。ハマスの人質だった69人にも思いをはせたい。解放された17歳の少女が抱きしめられて、涙を流す写真を見た。どんなに怖かっただろう。

1947年のきょう、国連はかの地に二つの国家を作る決議を採択した。アラブとユダヤ。違いを探せばきりがない。境を接してゆかねばならぬのなら、同じものを探したい。

4日間の戦闘休止は、何とかあすまで延長となった。家族の無事を願う気持ちは、どちらも同じであろう。悲劇はもうたくさんだ。細い道であることは承知のうえで書く。休止をさらに続けて停戦へ。そう願ってやまない。

「世界の記憶」とヒロシマ　11・30

ＧＨＱは戦後、原爆をめぐる報道や出版に神経を尖《とが》らせた。〈原子爆弾に倒れほろびし焼跡に人骨の燐もえたりといふ〉佐々木聰。こんな短歌さえ、公安を妨げるとしてプレスコード違反とされた（堀場清子著『原爆　表現と検閲』）。

朝日新聞も命令をうけて、原爆関係のフィルムを焼却することにした。だが上司にさからった写真記者がいる。終戦時31歳だった宮武甫《はじめ》。大阪・天王寺の小さな長屋にネガを持ち帰り、縁の下にそっと隠した。

被爆直後の広島を訪れ、自ら写した１１９点が残る。包帯で顔をぐるぐる巻きにされた少女、丸こげになった路面電車、原子野をゆく人影……。光景は「私の眼底に焼きついたままである」と後に語っている。

この宮武ネガを含む広島原爆の写真など１５３４点を、政府がユネスコの「世界の記憶」に推薦することになった。忘れてはならない過去である。核の惨禍を二度と繰り返さない。政府は未来のために、記録の意義を認めたのだと信じたい。

ただ残念ながら、そう言い切れぬ悲しさがある。ニューヨークで開かれている核兵器禁止条約の第2回締約国会議。政府はオブザーバー参加すらしていない。登壇した広島の湯崎英彦知事は、赤道ギニアの代表から問われた。「なぜ核廃絶を唱えながら、（日本は）核抑止政策を支持するのか」

かつて朝日歌壇にこんな歌が載った。〈核兵器禁止条約に署名せぬ国にヒロシマ・ナガサキはある〉菅谷修。世界の目も市民の目も節穴ではない。

2023

12月

キッシンジャー氏死去　12・1

ドクター・ジョーンズとミスター・ヨシダ。2人は、スパイ小説ばりに互いをそう呼ぶことに決めた。日米の国際電話で会話を重ねても、これなら交換手に正体がばれない。互いのボスは「友人」とした。

偽名にしたのは、わけがある。1969年、2人は沖縄返還の秘密交渉にあたった。結ばれたのが、米国は有事に再び核を持ち込めるとした密約だ。ヨシダは佐藤栄作首相の密使だった若泉敬氏。そしてジョーンズは、のちに米国務長官となるキッシンジャー氏だった。

陰謀好きの秘密主義者、ノーベル平和賞の受賞者、究極の現実主義者……。一人の人物がさまざまな評価で語られるというのは、それだけ複雑な顔を持っていたということか。キッシンジャー氏が100歳で亡くなった。

ユダヤ難民として、15歳でドイツから渡米した。20代で「弱さは死を意味する」と手紙に書き、正義より力が秩序をもたらすと信じた。中国を懐柔してソ連を牽制《けんせい》し、アメリカの優位を保つ。力の均衡を柱とした外交を1970年代に繰り広げた。

自らが道を切り開いた米中関係は、生涯の懸案だったろう。「我々の課題は、状況がホロコーストにならないようにしながら競争できる関係を見つけることだ」と、晩年まで警鐘を鳴らした。二つの大国が協調という大道を歩むのは容易でない。それは承知のうえだった。しかし「あらゆる偉大な成果も、それが現実となる前は構想にすぎなかった」。キッシンジャー氏は、よくそう言ったという。

＊11月29日死去、１００歳

ひきこもりラジオ　12・2

《みんなでひきこもりラジオの時間です。今日までよく生き延びて、ここまで来てくださりました。ではお便りを。52歳の男性の方です。「高校1年から36年間ひきこもっています。親も年をとり、この人生どうなるのか。不安です」……お便りありがとうございます》

月末の金曜日の夜。ひっそりとラジオから声が聞こえてくる。就労の悩みやいじめ、老老介護。ひきこもり当事者らの手紙やメールが、番組に毎月２００通届く。生きる意味への疑問を記す投稿も多い。

担当するNHKアナウンサーの栗原望《のぞむ》さん(39)は読み上げると、あまり語らず、しばしば黙りこむ。当事者の中には、生き方や社会復帰について意見され続け、心を病む人もいる。何も求めない沈黙には、ぬくもりが宿る。

食事はひとり。家から出るのはつらい。でも誰かとつながりたい。そんなリスナーと一緒に乾杯をする。《皆さん、好きな飲み物をご用意ください。僕はボトルにコーヒーを入れてきました。いきますよ。せーの、乾杯！》。何千、何万という乾杯の発声が、隔てた壁を越え、一つに溶けていく。

冷たい風が冬を告げる。この国では、年間に2万人が、自ら命を絶ってしまう。路上で生きる人や、季節性のうつを抱える人にとっても、最も苦しい時期だろう。

一日一日、ただ命をつなぐ。それだけで、十分に価値がある。穏やかな肯定の言葉とともに、50分間の放送は幕を下ろす。《それでは、皆さん。来月も生きてまた、お会いしましょう》

キックバックの正体は　12・3

「キックバック」は油断ならない言葉である。それが意味するところは、立場や状況で限りなく深刻になり得る。もとの英語は機械を始動させたり、銃を撃ったりした際の反作用を指した。それがいつの間にか、カネがらみで怪しげな払い戻しなども意味するようになった。

インドネシアで32年間の長期政権を敷いた故スハルト氏は、「ミスター25%」と陰で呼ばれていた。あらゆる事業で契約金の4分の1をキックバックさせたからだ。強権的な開発独裁で、1998年に失脚するまで恐れられた。

その嫌な言葉が最近、日本でよく聞かれる。自民党の最大派閥・安倍派のパーティー券をめぐる問題だ。販売ノルマを超えて集めた分を派閥の収支報告書に記載せずに、所属議員側が裏金としてキックバックを受けていた疑いがあるという。

疑惑が報じられてから、キックバックとは何なのかと調べた。日本語と英語の辞書を何冊か当たってみたが、口利きへの謝礼や手数料から賄賂、汚職まで幅広い。

その広範な定義のせいだろうか。今回の疑惑に対する議員らの軽さには、強い違和感を覚える。仕組みが「あったと思う」と言った後で撤回した議員もいた。もし賄賂や汚職を問われていたら、どうだっただろう。「自民1強」が続き、緩んでいるのではないか。

政治資金規正法は、「国民の不断の監視と批判の下」で政治活動を行うことを目的に掲げている。それを甘く見るとどうなるか。カネの疑惑がたどった過去が物語っている。

万博の理念と未来　12・4

東京五輪の次は大阪万博だ。そんな報道が出始めた1964年、SF作家の小松左京は学者ら7人で万博の研究会を発足させた。当時の東京は、五輪関連の投資で「すさまじい工事の混乱ぶり」だった。あれが関西でも繰り返されるのかと、危機感があった。

議論を重ねた研究会は数カ月後、一つの結論に達する。万博は「やりようによっては、きわめて意義のある」ものになり得るだろう――。一部メンバーはその後、基本理念の起草など万博に直接関わる立場になっていく。

70年万博を記録した小松の「大阪万博奮闘記」を読むと、熱量に圧倒される。テーマだった「人類の進歩と調和」を追求し、輸出振興をもくろむ当局とぶつかり、たんかを切る。まだ30代で『日本沈没』を書く前の彼は、かなり青臭い。

それでも「万博は手段であり、目的ではない」との主張には、はっとさせられる。目的は「人類全体のよりよい明日を見出《みいだ》すこと、（略）苦しみのすくない世界をつくりあげて行くこと」なのだ。

2023・12月

さて、開幕まで500日を切った大阪・関西万博はどうか。費用は膨らみ続け、海外パビリオンの建設は遅れ、参加を辞退する国も出ている。聞こえてくるのは理念ではなく、弁明や責任逃れの言葉、経済効果の皮算用ばかりだ。「人類の展望」を示してきた万博で今回、魅力的な未来を見せられるのか。世界で戦争が続く時代に、希望を語ることはできるのだろうか。開催することが目的になっているような気がしてならない。

アフガニスタンはいま　12・5

静岡県の島田市に住む医師、レシャード・カレッドさん(73)が日本に留学に来たのは、1969年のことだった。故郷アフガニスタンの友人たちは不思議がったという。フランス留学の試験にも受かったのに、なぜ、日本に行くのかと。

「私はね。この目で見て、感じたかったんですよ」。レシャードさんは振り返る。戦後、わずか20年で先進国となった地には、どんな努力家がいるのか。二度と戦争を起こさないと誓った国とはいかなるものか。19歳の若者は知りたかったそうだ。

それから半世紀。京大で医学を学び、島田を第二の古里と定めた白髪の医師はいま、少し心配に思っている。日本は、頑張って、頑張って、歯を食いしばって、豊かさを手にした。でも、平和の有り難さを忘れつつありはしないか。

そう思うのは、アフガンの惨状を目にしているからだ。現地に診療所を開き、医療に取り組んできたが、一昨年の米軍の撤退後、多くの国際支援の動きが止まってしまった。送金さえままならない。

技術者らは海外に逃れ、飢餓が急速に深刻化している。「平和は当たり前ではない」。レシャードさんは訴える。日本の人々にも「関心を持ってほしい。まずはそこから」。

きのうで、かの地の復興に尽くした中村哲《てつ》さんの死から、4年。「私は『カネさえあれば何でもできて幸せになる』という迷信、『武力さえあれば身が守られる』という妄信から自由である」。著書『天、共に在り』で断じた言葉が遠く、遠く聞こえる。

安倍派の裏金疑惑　12・6

話せば分かる——。5・15事件の際の犬養毅首相の言葉が有名なのは、政治家のあるべき姿をこれほど如実に示す一言はないからだろう。説明に言葉を尽くし、説得し、物事を動かす。たとえ暴力で我を通すテロに直面すれども、それこそが政を担う人の業ではないか。

ずっと、そう思っていたが、はて、筆者の思い違いだったたか。自民党安倍派の裏金疑惑で、腕を組む。当然ながら幾多の疑問が生じる話だが、奇妙なことに岸田首相ら誰一人として、まともな説明の弁を発しない。

聞こえてくるといえば「適切に対応する」といった意味不明の言葉ばかり。まるで空虚で中身がない。これを「空話」と言わずして何と言おう。

官房長官らからは都合が悪いときのお決まりである「控える」「控える」の合唱も聞こえてくる。ケケケ、クワクワ。新手の「蛙《かえる》」化現象ではあるまいし、政治家が言葉を捨てれば、もはや人心はつかめまい。

そもそも、国会議員ともあろう方々が組織的に裏金作りとは、情けない。お金に困っているわけではないだろうに。高給を食《は》み、政党交付金も得ている。領収書なしで月100万円を使える旧文通費とやらもある。もっと必要だというならば、堂々と使途を明示し、国民に請えばいい。

筆者の頭には、論語の一節が浮かんで消えない。いわく、不義にして富み且《か》つ貴きは、我において浮雲のごとし。ああ、そんな気概のある政治家はいないのか。自民党には、言を尽くし、不義を正す議員はいないのか。

香港を離れた周庭さん　12・7

香港から来た周庭さん(27)と会った日、東京・池袋の街には強い雨が降った。前髪が濡《ぬ》れ、ぺたんとしたのを気にした彼女は、しきりに手鏡をかざし、髪をいじっていた。アグネス・チョウという名の方が分かりやすいだろうか。2019年6月のことだ。

おかしな言い方かもしれないが、そのしぐさが何とも普通っぽくて、民主活動家との肩書が不思議に思えた。ただ、「(中国は)怖いです。怖いから反抗しています」。厳とした言葉に、ハッとさせられたのもよく覚えている。

あれから4年。香港での逮捕と、長い沈黙を経て、今週初め、彼女がカナダに出国していたことが明らかになった。幾多の葛藤の末の決断なのだろう。本人の声明は「おそらく一生、香港に戻ることはない」としている。

急速に中国化した香港で、ひどい目にあっていたようだ。パスポートを得る条件として、中国本土への訪問も求められたという。当局者5人の同行で、共産党を讃《たた》える展示館に連れて行かれ、警察への感謝の手紙も書かされたとか。人の感情をいたく蔑《ないがし》ろにしたやり方である。

忘れてならないと思うのは、香港ではいまこのときも、民主を求めた人々が言葉を封じられ、理不尽な圧力を受け続けているということ。自由を奪われ、囚《とら》われの身である人も少なくない。「私はもう、したくないことを強いられるのは嫌です」。香港を離れたいま、「ようやく、言いたいことを言える」。そう記した彼女の言葉の重みを、悲しく受け止める。

あの戦争、先の大戦　12・8

開戦日の朝の記憶は鮮明に胸に残っている――。1941年12月8日、中学2年生だった作家の吉村昭は学校に行く途中、軍艦マーチの猛々《たけだけ》しい音とともに、大本営発表を伝えるラジオのニュースを耳にした。「町全体が沸き立っているような感じであった」という。

吉村にとっては、それは悲しみにつながる記憶でもあった。中国で戦死していた兄の遺骨が、開戦の2日後、送られてきたからだ。ハワイでの戦果に「狂喜」する近所の目を気にして、家族は雨戸を閉めた。母親は発狂せんばかりに激しく泣いたそうだ（『白い道』）。

米英との開戦に踏み切ったとき、日本はすでに中国大陸で泥沼の戦禍に陥っていた。吉村の兄の死も、夥《おびただ》しい数に上る戦死の一つに過ぎない。「開戦」という言葉には、いま思い浮かべるのとは異なる響きがあったのだろう。

「物心ついてから戦争の連続で、私にはそれが日常であり、戦争というものになれきっていた」。吉村はそんな言葉も残している。満州事変、盧溝橋、ノモンハン。一つの戦争でなく、幾多の戦争が複合的に重なる時代だったということか。

きょうで、真珠湾攻撃から82年。私たちはいまだに、誰もが納得できるような名前で、あの戦争を呼ぶことができずにいる。大東亜戦争か。アジア太平洋戦争か。あるいは8月15日に歴代首相が使ってきた「先の大戦」か。

そもそも、あの戦争とは何だったのだろう。あいまいな呼び名、あいまいな歴史認識に佇《たたず》む、この国のいまを思う。

女将の思い　12・9

群馬県にある伊香保温泉での話である。１９９０年代のことだ。一軒の旅館で、大浴場にいた宿泊客が怒声をあげ、苦情を訴えていた。障害者の客が浴場を汚したからだった。すみません、すみません。女将《おかみ》だった松本和子《ともこ》さん(80)は何度も頭を下げ、謝った。

それでも客の怒りは収まらなかった。ついには障害者の宿泊が悪いかのようなことも口にした。女将はたまりかねて言った。「お客さんが別の旅館に行ってもらえませんか。この人たちは、うちにしか来られないんですよ」

確かに当時、車イス用の設備を整え、障害者を積極的に受け入れている宿は少なかった。そばにいた娘の由起《ゆき》さん(54)は思った。乱暴な言い方だけど、母親は間違ってない。「あっぱれ。うちはそういう旅館なんだ」

それから20年以上が過ぎ、旅館の女将はいま、由起さんが継いでいる。彼女が目指すのは、徹底して「旅行弱者」に寄り添う旅館だ。障害者や幼児を連れた家族客が、安心して過ごせる宿を理想とする。そのバリアフリーなどの試みが地元で注目されている。

先代女将の和子さんに尋ねてみた。なぜ、あのとき、あんなことを言ったのですか。和子さんは言いよどんでいたが、やがてポツリと言った。中学のとき、小児まひの仲良しの友だちがいたこと。その子が悲しい思いをしていたこと。

「でもね、そういう世の中じゃいけないと思ったんですよ」。和子さんは穏やかに語った。窓の外では、上州の連山が悠々たる姿を見せていた。

オスプレイの飛行停止　12・10

岸田首相が自民党政調会長だった時である。米軍のＣＨ53ヘリが２０１７年、沖縄県で不時着・炎上した。選挙の応援で訪れていた岸田氏は、在沖米軍トップらを呼び、事故に抗議しようとした。だが米軍は呼び出しに応じない。なぜ応じないのかも教えない。

直前には外相兼防衛相だった岸田氏のメンツは、丸つぶれになった。日ごろ尻尾をふっていても、いざとなれば取り合ってすらもらえない。米軍基地のある街から見た日本の姿だ。同じことがまた繰り返された。

屋久島沖へのオスプレイ墜落である。木原防衛相は飛行停止という従来の表現をなぜか弱め、「安全が確認されてから飛行」するよう米軍に求めた。顔色うかがいをよそに、米海兵隊は案の定、数日にわたってオスプレイを飛ばし続けた。

同盟国とはいえ、外国の軍隊が要請を無視して飛ぶのを傍観する国がどこにあろう。米軍駐留の海外事情を調べた沖縄県職員は、イタリアで「米国の言うことを聞いているお友達は日本だけだ」と言われたそうだ。

米軍に右へならえ。政府が「不時着水」としていた今回の事故は、一転して「墜落」となり、ついに全オスプレイの飛行停止に至った。いつまで続くのかはまだわからない。ただ17年は事故原因が分からぬまま、米軍の独断で1週間後に飛行が再開された。

政府が主体性を欠いたままなら、似た顚末《てんまつ》になるだろう。朝日川柳が言う。〈墜落と言えぬ家来の国に住む〉。言葉の主権も、空の主権もこの国にはないのか。

安倍派依存の行く末は　12・12

イタリアの政治思想家マキャベリは、戦争や疫病など激動の時代に注目される。主著『君主論』は地元の統治者に自身を売り込む「就活論文」だったが、後世でも時々の危機状況に合わせて読まれてきた。政治資金パーティーで自民党が大揺れのなか、改めてひもといた。

「自分より強い有力者と組んで攻撃してはいけない」「誰を側近に選ぶかは少なからず重要だ」。このくだりに岸田首相の顔が浮かんだ。党内基盤が強固でないとはいえ、最大派閥・安倍派への依存で政権の安定を図ってきた。その選択は正しかったのか。

首相は、今春の安倍派パーティーで松野官房長官や萩生田政調会長らの名前を挙げ、「岸田政権の屋台骨」と持ち上げた。同派所属の政務三役は15人にのぼり、骨組みは崩壊しつつある。

これも派閥のおごりのなせる業か。「頭悪いね。これ以上、言いませんと言っているじゃない」。衆院議員の谷川弥一氏が一昨日、報道陣へ放った言葉だ。自身の4千万円超の疑惑を問われ、紙を読み上げた。重ねて質問されると開き直った。

疑惑では安倍派以外の名前もあがっており、党全体の問題だ。「適切なタイミングで適切に対応を」と述べた首相は、わかっているのか。パーティー券も派閥も億単位の裏金も、一般庶民の感覚からはかけ離れていることを。

マキャベリは、賢者を選び助言を受けよと説いた。だが、最後に決めるのは指導者自身である。「自分だけで、自分なりの方法で、決断を下さねばならない」

自分を取り戻す　12・13

「有罪にするためには、それなりの証拠が必要です」。不起訴の理由を電話で尋ねた昨年、担当した検察官はそう告げたという。上司による性被害を訴えた元自衛官の五ノ井里奈さんが著書『声をあげて』で書いている。証言する者が自衛隊に一人もおらず、嫌疑不十分だった。

検察官は「不満があれば検察審査会に申し立てを」とも伝えた。闘いたいが弁護士を雇うお金はない。ネットで記入例を調べ、被害の詳細をひとりでつづった。ユーチューブの番組に出演し、顔と名前を出して告発にも踏み切った。

五ノ井さんへの強制わいせつ罪に問われた元自衛官3人に昨日、有罪判決が言い渡された。検察審査会に申し立てて「不起訴不当」と議決され、起訴へとつながった結果だ。自身が受けた性暴力を何度も説明せねばならず、どれほどつらかったことだろう。

3人とも五ノ井さんに一度は謝罪したが、裁判では無罪を主張した。特に怒りを覚えるのは、「腰を振ったのは笑いを取るため」という言い分だ。周囲が笑えばわいせつ行為にはならない、だから自分は無罪だと本気で考えたのか。

福島地裁の判決は明快だ。少し長いが引用したい。「被害者の人格を無視し、宴会を盛り上げる単なる物として扱うに等しいもので、被害者の性的羞恥心《しゅうち》を著しく害する卑劣で悪質な態様である」

五ノ井さんは著書で、被害者としてではなく「ありのままの自分」で生きたいと書いた。前を向き、本来の自分を取り戻す。当然の権利である。

史上最も熱い年に　12・14

黒澤明監督の『羅生門』は、平安時代を舞台に人間のエゴを描いた名作だ。武士の死について証言した盗賊らは自分に都合の良い解釈しか話さない。先日見直していて、ゲリラ豪雨並みの雨や酷暑で焼けつく山に目がいった。そのころも異常気象はあったのか。

現代の状況はもっと深刻だ。世界気象機関によると、今年の世界の平均気温は史上最高になるという。ドバイで開催された国連気候変動会議（ＣＯＰ28）に合わせて発表し、「異常気象は日常的に命と生活を破壊している」と警鐘を鳴らした。

そのＣＯＰ28は合意文書をめぐり議論が紛糾した。欧米や島嶼《とうしょ》国が「化石燃料の段階的廃止」の文言を求め、サウジなどの産油国が反対したためだ。きのう、ようやく「化石燃料からの脱却」で合意した。

「私たちの島の死亡証明書には署名したくない」。文言なしの案を拒んだサモアの大臣の言葉に、これまで取材した南太平洋の島々を思い出した。トンガ、バヌアツ、ソロモン諸島。どこも海面上昇や海岸浸食が深刻だった。

キリバスには家々が浸水して、無人になった村があった。「温暖化が進めば、間違いなく私の国は水没する。どこにも逃げ場はありません」。別の村へ移住した住民は、子どもたちの将来を悲観していた。

先進国が排出する温室効果ガスで遠い島の人々が苦しむのは、どう考えても理不尽だ。特に排出量が多い石炭への依存がやめられない日本は、もっと真剣に削減に取り組むべきである。もう時間はない。

都合の良い派閥12・15

文相や法相を歴任し、103歳で亡くなった奥野誠亮は40年間、自民党で無派閥を通した。それでも回顧録では「派閥に入っていたら、ポストの世話もしてくれるし、仕事の応援もしてくれるし、実際都合がいい」と語っている（『派に頼らず、義を忘れず』）。

では、なぜ入らなかったのか。理由は1963年の初出馬直前に出た「三木答申」だ。安保闘争を機に勢いを増した野党を警戒し、当時の池田勇人首相が三木武夫にまとめさせた。最優先としたのが「派閥の無条件解消」だった。

新人の奥野は従ったが、各派の領袖《りょうしゅう》らの間で大議論になった。「ないと総裁が独裁的になる」が反対派の表向きの言い分だが、カネ集めと権力の維持に不可欠だったからだ。結局はみな解散を決めたものの、派閥解消をめぐってても派閥の争いになるのが、自民党たるゆえんか。

政治資金をめぐる疑惑で、また派閥が問題になっている。きのうは安倍派の4閣僚が辞任し、他派や無派閥の議員が後任に起用された。派閥から「しゃべるな」と指示された、と明かした副大臣も。

政治とカネの疑惑に関わっている以上、派閥に問題があるのは確かだ。だが、60年前はどれも解散したふりで、間もなく復活している。「派閥解消は大流行だが、春先ともなればタケノコも出てくるさ」。そう言い放った領袖もいたという。

派閥や派閥色を消すことで、問題が解決したかのように見せる。嵐が過ぎれば、同じことを繰り返す。そんなのはもう、たくさんだ。

二刀流と一角獣　12・16

米大リーグのドジャースに移籍した大谷翔平選手は、地元メディアに「ユニコーン」と表現されることが多い。伝説上の一角獣に、前例のない二刀流で輝く姿が重なるのだろう。大勢の記者が集まった昨日の入団会見に、改めて注目度の高さを実感した。

人気スポーツライターのジョー・ポズナンスキーさんは今秋に出した『野球を愛する理由』（未訳）で、野球史上における特別な50の場面を紹介した。「ショウヘイ」と題された章は、WBC決勝で最後のトラウト選手を三振に仕留めた瞬間だ。「ゾクゾク。鳥肌」。簡潔な文から、筆者の興奮が伝わってくる。

米紙への寄稿によると、ポズナンスキーさんが最も苦労したのはこの章だったそうだ。WBC後に全部書き直したのは、大谷選手が常に「自己最高」を更新しているから。「私は今後10年、彼を書き直し続けるかもしれない」という。

約150年の大リーグ史をみれば挑戦の連続だった。今年から設けた投球間の時間制限は、スピード感を求めるファンの要望に応えたものだ。不振が続き、統計学を用いた最新の評価手法で巻き返したチームも。

大谷選手に関心が集まるのは突出した記録や桁外れの契約金はもちろんだが、高みを目指し続けているからだろう。昨日の会見でも「常に挑戦したいなと思っている」と話した。

伝説のユニコーンは角《つの》で川や湖を浄化し、動物たちを守ったという。彼はこれからも野球界に新風を吹き込み、人気を広げる力になるか。試合は続く。

ナチスがした良いこと？　12・17

物事には常に、良い面と悪い面がある。ホロコーストは悪だが、ナチスはいいこともしたのではないか――。いまの世にくすぶる不穏な問いに真っ向から答えた書である。『検証　ナチスは「良いこと」もしたのか？』を興味深く、読んだ。

著者は小野寺拓也、田野大輔の両氏。ナチス研究を長年重ねてきた専門家である。ヒトラーの家族政策やアウトバーン建設を「良いこと」とする考えはなぜ、間違っているのか。いかに一面的な見方に過ぎないか。同書は緻密《ちみつ》な論証で、肯定説を退けている。

歴史の受け止めは、個人の自由である。だが、まずは史実に基づくべきだし、専門家の知見の積み重ねを知らなければ、全体像を見失う。歴史を振り返るときに陥りがちな危うさを、両氏は指摘する。

さて、こちらはどうか。広島市長が、戦前戦中の教育勅語を研修資料に引用していた。「評価してもよい部分があった」などとし、今後も引用を続けるという。

教育勅語とは、明治天皇が「臣民」に語った言葉だ。核心は、いざとなれば天皇のために命を捧げよと求めていることである。部分的に共感できる表現があったとしても、わざわざ勅語を引用する必要はあるまい。本質を無視するのは何か別の意図があってのことか。

そもそも、あの戦争で私たちは何を学んだのか。どんな思想にせよ、右向け右と、国民が同じ方向を向かされることの怖さではなかったのか。その象徴の一つが教育勅語であった歴史を、忘れるわけにはいかない。

キンが最後に見た夢　12・18

ターッ、ターッ。警戒の鳴き声が、エサを与えようとするたび、飼育ケージのなかで大きく響いたという。新潟・佐渡島の獣医師、金子良則さん(65)が初めてキンに会ったのは、1991年のことだった。「最初はもう、近づくこともできなかったな」

トキは、人間に慣れにくい鳥だそうだ。キンが金子さんに気を許したのも、半年ほどたってからだった。ただ、それからは「なでてくれって、寄ってきて、猫みたいに、のどをゴロゴロ鳴らした」。かわいくて、離れられなくなった。

学名ニッポニア・ニッポン。かつては日本各地に生息した鳥だった。朱鷺《とき》色と呼ばれる淡い朱の羽が好まれ、明治時代に乱獲される。エサの生物を通じ、農薬の影響も受けた。最大の天敵は人間だったのだろう。

２００３年、キンは日本で最後のトキとして、死んだ。人の年齢に換算すれば、１００歳ほど。原因はケージへの衝突だった。「夢を見たのでしょう。監視カメラの映像を見ました。コクコクとしていたんですよ。それが急に目を覚まして、飛んでいった」

晩年のキンの気持ちを思うと切なくなる。鳥には国籍などないのだけれど、もしも自分が最後の1人の日本人だったらと、つい、想像をしてしまう。彼女が末期《まつご》に見たのは、どんな夢だったのか。仲間とともに、悠然と大空を羽ばたく夢だったか。

キンが死んで20年。金子さんはこの春、定年を迎えた。佐渡にはいまや、中国から来たトキの子孫５００羽以上がその空を飛んでいる。

2023・12月

リクルート事件の一幕　12・19

いつものように粛々と、自民党の国対委員会が終わりかけた時だった。１９８８年の夏。手が挙がった。「連日リクルート事件で大騒ぎなのに、わが党では何の論議もありません。党自ら調査に乗り出し、対策にとりくむべきではありませんか」

発言したのは、のちに新党さきがけをつくる武村正義氏。発言を機に、政治とカネの勉強会を若手でつくった。党幹部や派閥から現金が配られ、領収書を出すと「いらない」と返される。後ろめたかったそうだ。会の提言は党の政治改革大綱につながった。パーティー収支の明確化など、いまもうなずける内容だ。

さて今回の裏金疑惑である。政治不信が広がり、自民党にとってはリクルート事件以来の危機とも言われる。だが岸田首相は先の会見で、派閥の見直しなどは「議論になることもありうる」と全く煮え切らなかった。

にもかかわらず、あれではだめだ、と改革を促す声が党内の若手からわき起こるわけでもない。気を吐くのは一部の議員だけで、大半はそれにも冷ややかだという。

あちらは、当選回数がものをいう世界だと聞く。とはいえ気概がほしい。国民の代表たる国会議員が、党幹部の顔色ばかりをうかがう駒では困る。

武村氏の発言は、党内で波紋を呼んだ。著書の『私はニッポンを洗濯したかった』に書いている。「私にいわせれば、波紋をよぶこと自体おかしいのである」。もはやつけ足すことはない。いや一つだけ。武村氏は当時の安倍派の1年生議員であった。

2023年創作四字熟語　12・20

ウクライナでの争いがやまぬうちに、ガザの街ががれきと化す。〈戦酷胸痛《せんこくきょうつう》〉のやりきれなさ、万国共通の平和への願い。あっという間に1年がたち、恒例の創作四字熟語の時節になった。住友生命が発表した入選作で、今年をふり返る。

きのうは各地で厳しい寒さとなったが、少し前まで「きょうも暑いね」と言い交わしていた。冷房を使いましょうという呼びかけと、高い電気代ゆえの節電の間で悩む日々は〈電高節夏《でんこうせつか》〉どころか長く続いた。春も秋も駆け足で過ぎる〈瞬夏瞬冬《しゅんかしゅんとう》〉の四季だった。

若者たちの活躍はひときわ輝いた。13歳で史上最年少タイトルホルダーになった囲碁の仲邑《なかむら》菫《すみれ》さんは来春、韓国へ。将棋の藤井聡太さんは八つのタイトルを独り占めして〈冠占聡覇《かんせんそうは》〉ならぬ完全制覇をなし遂げた。

38年ぶりの阪神日本一を忘れるわけにはいくまい。岡田彰布《あきのぶ》監督が率いたチームの勢いは〈猛《もう》虎祝来《こしゅうらい》〉さながらだった。大リーグでは大谷翔平選手が本塁打王となった。

ネット世界の栄枯盛衰はいつものことだが、ＣｈａｔＧＰＴなど生成ＡＩの急な発達には驚いた。ツイッターはロゴマークから青い鳥が消え、名前も「X」に。あの起業家の〈鳥了X来《ちょうりょうばつこ》〉で、利用者は置いてけぼりだ。

ジャニーズ事務所の解体など、入選作に見当たらないニュースは数々あるが、最後はわが愚作で。きのう東京地検は自民党の派閥事務所を家宅捜索した。パーティー券をめぐるからくりで裏金を生み出してきた〈自策自宴《じさくじえん》〉の手法にメス。

辺野古の代執行訴訟　12・21

沖縄県知事になる前の翁長雄志さんが繰り返したのは、国への深い失望だった。2012年のインタビューでのことだ。自民党だけでなく、当時政権にあった民主党も、結局は沖縄に米軍基地を押しつける。「僕らはね、もう（心が）折れてしまったんです。本土の人はみな一緒じゃないの、と」

矛先は司法にも向けられた。かつて軍用地の使用をめぐって県が国と争い、敗れたことがある。その訴訟が脳裏にあったのか。妻には「裁判所は僕たちの側に立ってくれない」と、吐露していたという。

きのうの判決を聞いて、苦悩に満ちた晩年の翁長さんの顔が浮かんだ。遺志をついで知事となった玉城デニー氏に、裁判所は辺野古の埋め立てを承認するよう命じた。国が進める施策について、累次にわたって司法が認める。その事実は重い。重いとはわかりつつ、ここに至るまでの20年以上にわたる沖縄県民の「否」を思えば、なんと冷たい政治であり、司法であることか。

どんなに計画が時代遅れになろうと、どんなに工費がかさもうと、日米安保でいったん国が決めたことには逆らえない。判決が意味するのは、つまりそういうことだ。政府は、中国を念頭に各地で防衛力を強化している。ことは沖縄に限るまい。

辺野古の少し北側に小さな丘がある。そこに立てば、軟弱地盤があるという湾が一望できる。いまはまだ深く青い輝きは、この判決によって消えてしまうのだろう。沖縄の人々の胸の中で、何かが折れる音が聞こえる。

ダイハツの不正　12・22

物や土地の名前を歌や俳句に忍び込ませる。一種の言葉あそびが、この国には古くからあった。

〈茎も葉もみな緑なる深芹《ふかぜり》は洗ふ根のみや白く見ゆらむ〉藤原輔相《すけみ》。セリをめでる平安時代の歌に、当時の景勝地だろうか、「あらふねのみやしろ（荒船の御社）」が潜んでいる。

小林旭さんのヒット曲「自動車ショー歌」も、その系譜だろう。独特の甲高い声で、好きな女性のもとへ通うさまをユーモラスに歌う。〈ニッサンするのはパッカード／骨のずいまでシボレーで／あとでひじてつクラウンさ〉。流行したのは1960年代。マイカーブーム到来の前ぶれのような歌だった。

一家に一台を目指して、軽自動車の開発に早くから取り組んだのがダイハツだった。ミゼット、ミラ、タント……。国内の軽自動車シェアの3割を占めるメーカーに信じがたい不正が見つかった。

エアバッグを膨らませる試験で衝撃を感知する装置のかわりにタイマーを仕込んだり、タイヤの空気圧データを改ざんしたり。不正は64車種にのぼるというから、ひどいものだ。国土交通省はきのう、本社への立ち入り検査をおこなった。

顧客の安全よりも、開発スケジュールを守るほうが大切だったとは。調査にあたった第三者委員会は「まず責められるべきは経営幹部である」と指摘している。

今なら自動車ショー歌はどうなるだろうか。考えてみた。〈期限の厳しい開発で／不正な行為がダイハッせい／これではもタント記者会見／経営刷新するしかない〉

ファーブル生誕200年　12・23

ファーブル昆虫記は、原題を「昆虫学的回想録」という。大正時代に日本で初めて全訳に挑み、その際に「昆虫記」と名付けたのは、思想家の大杉栄だった。獄中で、他の本を読むのを後にしてまで夢中になったそうだ。

ファーブルについての多くの評価のうち、これが一番好きだと紹介している。「哲学者のやうに考へ、美術家のやうに見、そして詩人のやうに感じ且《か》つ書く」。うなずく人は多かろう。私も、幼いころにダイジェスト版を読んでとりこになった一人だ。あの中の場面が浮かぶ。

狩人バチの本能の不思議さ、コガネグモの網の美しさ、大砲の音にも動じないセミの無頓着ぶり……。読み手は、本の中でファーブルと一緒に観察と実験をくり返しながら、小さな世界に分け入っていく。

ファーブルが南仏で生まれたのは、1823年12月。今年は生誕200年にあたる。生家は貧しく、独学を重ねた末の遅咲き人生であった。55歳で第1巻を刊行し、そこからこつこつ書き続け、最後となる第10巻をまとめた時は83歳になっていた。

2023・12月

こんな言葉を残している。「わたしは（略）今になって、どうやら昆虫がわかりかけてきたのである」。自分の足で遠い地平まで達した者だけが、さらなる地平を目にする。そういうことだろう。

虫たちは今、木の皮の下などでじっと冬越しのさなかだ。でも昆虫記の中ではいつも変わらず、スカラベが「糞闘《ふんとう》」しているはずだ。年末年始の休み、ページをめくって彼らをのぞいてみようか。

クリスマスの料理教室　12・24

クリスマスイブまで1週間となった先週末、東京都内にある公共施設の調理室に7人の母親が集まった。指導役の坂上《さかうえ》和子さん(69)は、昨春から40回ほど料理教室を開いてきた。この日のレシピはクリスマスケーキだ。

粉をふるい、クリームを塗り、サンタを飾って完成した。甘い香りのなかで試食が始まり、会話が弾む。終了後の感想カードには「息子も喜んでいるでしょう」「今年も何とか過ごせました」などと書かれていた。

母親たちは全員、病気で子どもを亡くした経験を持つ。坂上さんは32年前から、入院中の子どもたちの心を癒やすために一緒に遊ぶボランティアを続けてきた。昨年、息子を失った母親から「グリーフケアの場が欲しい」と相談され、みんなで料理をしてはどうかと思いついた。

悲しすぎて本も読めない。家にいるとつらいのでただ外を歩く――。喪失感と孤独に苦しむ親たちを、坂上さんは長く見てきた。子どもの闘病中は看護師や介護スタッフらが懸命に支えてくれるが亡くなった後のサポートはない。

母親の一人は3年前、小学生の息子を脳腫瘍《しゅよう》で亡くした。街が浮き立つこの時期は特に心が沈む。だが最近、戦禍や貧困にさらされた子どもの報道に目が行くようになった。「気づかずに生きてきたけれど、暗闇のクリスマスもある。今でも息子に教えられています」という。

ここなら泣いても笑ってもいい。悲しみを包み込む小さな救いの場は、ハウスグランマ（おばあちゃんち）と呼ばれている。

ミサイルを輸出する国　12・25

米国の歴代大統領による就任演説での名言は数多《あまた》に上るが、退任演説といえば、1961年のアイゼンハワー氏の言葉が有名だ。米ソ冷戦下の軍拡が生んだ軍と産業界の「軍産複合体」が、民主主義を脅かすと警告した。いまの時代にも通じる示唆に富む演説である。

「この軍事国家的な傾向を、私は十分に統制できなかった」。アイクの愛称で知られた元将軍は告白した。当時の人々はさぞ驚いたことだろう。軍産複合体が「誤って台頭し、破滅的な力をふるう可能性は将来も存在し続けるだろう」。

その危惧が、杞憂《きゆう》に終わったと言い切れる者は誰もいまい。冷戦のさなかも終結後も、世界最強の軍事大国は戦争を繰り返してきた。かつての勢いを失いつつあるいまも、軍事上の負担の肩代わりを、あからさまに同盟国に求めている。

岸田政権が、武器輸出の大幅な緩和を決めた。日本企業が作るミサイルを、米国に輸出できるようにするという。こんな重要な政策の転換を国会での議論も経ず、裏金問題に揺れる政権がスッと決めてしまう軽さに啞然《あぜん》とする。

ミサイルは、ウクライナ支援などで生じる米国内の不足分にあてられるらしい。要は、米国の軍事的な都合に左右された話ということか。何とも釈然としない。

人を殺せる兵器は売らない。日本はそういう国ではないのだ——。世界に向け、誇り高く掲げてきた「平和国家」の看板が、どんどん小さくなっていく。それが私たちを安全にしているとは、どうしても思えない。

プラネタリウム100年　12・26

東経135度の子午線が通る兵庫県の明石市には、日本で最も古い現役のプラネタリウムがある。旧東ドイツ製の投影機で高さ約3メートル。映し出される満天の星が、1960年の稼働開始から多くの人を魅了してきた。毎年この時期は大掃除をすると聞き、訪ねてみた。

「この1年、よく働いてくれました。まだまだ使えます」。市立天文科学館の館長、井上毅《たけし》さん(54)は笑顔で言った。今年はプラネタリウムが欧州に誕生してから、100年の節目である。古参の投影機は注目を集め、大活躍だったそうだ。

脚立に登った職員たちが、パタパタとモップを使い、機器のほこりを払う。隙間にたまった塵《ちり》も、丁寧に取り除く。黒く光る金属は無言だが、どこか誇らしげで、気持ちよさそうに見えた。

掃除の合間に少しだけ、投影を拝見した。夕刻の空に一番星がのぼり、天上に瞬きが満ちていく。漆黒の闇に浮かぶ光は何とも穏やかで、控えめだ。いまの世の暮らしからは消えつつある暗闇と、ほのかな輝きが心地よい。

人はなぜ、プラネタリウムにひかれるのだろう。唐突な問いだが、井上さんは真剣に答えてくれた。「ここで美しい星を見ていると、自分が宇宙のなかにいて、宇宙の一部であって、それがいかに奇跡的であるのかを思うからではないでしょうか」

狼星《シリウス》はまさに爛々《らんらん》たり、と作家の中島敦は漢詩に詠《うた》った。凍夜、疎林の上、悠々たり世外の天。ときが光のように過ぎ去る年の瀬に、しばし思いを悠久の彼方《かなた》へと飛ばす。

天皇訪中と外交記録　12・27

昭和天皇は戦後、訪中の意欲を持っていたとされる。「中国へはもし行けたら」。晩年に語ったという言葉が、元侍従長の入江相政氏の日記に書かれている。いかなる思いだったか。その意も引き継ぐ形で、平成の天皇が訪中したのは1992年だった。

日本の天皇が、中国を訪れたのは後にも先にもこのときだけである。北京で天皇は日中戦争に触れ、「中国国民に多大の苦難を与えた不幸な一時期」があったと述べた。巨大な隣国との関係を考えるうえで、極めて重い節目であった。

当時の外交記録が先週、公開された。機密を解かれた文書を読んで驚いたのは、日本の外交官たちが、天皇の訪中を何とか実現させようと踏み込んだ動きをしていたことだ。「訪中より訪韓が先だ」「尖閣問題がある」といった反対論を抑えようと、報道機関に圧力もかけていた。
外務省が、天皇の訪中を「戦後のけじめ」と位置づけ、対中外交の切り札にしたのはよく分かる。だが、歴史問題はその後も再燃をくり返した。両国関係が期待したように進まなかったのも事実である。

現在の視点だけで、安易に過去を批判するようなことはしたくない。大切なのは、史実から何かを汲《く》み取ることだろう。歴史家のE・H・カーは「歴史とは現在と過去との対話である」との名言を残している。

天皇の訪韓はいまも実現していない。もし、あのときの訪中がなければ、どうなっていたか。もう機会はなかったか。「戦後のけじめ」の重さを、改めて思う。

冤罪と経済安保　12・28

トランプ米大統領が中国のことを露骨に罵《ののし》り始めたのは2018年の春ごろだ。当初は米中の貿易戦の様相だったが、しばらくすると「中国は米国の技術を盗んでいる」といった発言が米高官から相次ぐ。対立の重心は、知的所有権の問題に移っていった。

やがて安倍政権が「経済安保」という言葉を盛んに使い始める。日本の先端技術を守れとのかけ声が高まり、政府に専門の部署も設けられた。大川原化工機の社長らが逮捕されたのはちょうどそのころ、20年3月である。

軍事に転用できる機器を、許可なく中国に輸出したとの容疑だった。1年近くも勾留した末、起訴は取り消される。後に捜査員の一人は事件そのものを「捏造《ねつぞう》ですね」と証言した。何とも惨《むご》い話である。東京地裁は違法な逮捕と起訴だったと認め、国などに賠償を命じた。

警察と検察はいまだに社長らに謝罪していない。起訴をした検察官に至っては反省どころか、「立ち返っても同じ判断をする」と言っている。保身の言、ここに極まれりか。過ちを認めなければ、再発防止もありえまい。

なぜ、こんな冤罪《えんざい》事件が起きたのだろう。米中対立という大きな車輪が動き、国をあげて無数の歯車がクルクルと一方向に回るなか、何かがおかしくなっていなかったか。国益を取り違えた身勝手な論理が闊歩《かっぽ》し、公安警察の暴走を許していなかったか。

経済安保は自由な貿易を制限する。それが行き過ぎたり、恣意《しい》的になったりする危うさも、事件は強く示唆している。

今年逝った人の言葉から　12・29

なぜだか妙に、慌ただしい。喧騒《けんそう》の年が足早に去っていく。私たちはどうしてこうも、苛立《いら》っているのか。なんでこう、不安なのか。しばしの沈思黙考。今年亡くなった人の言葉から、いまという時代を考える。

「僕は、各駅停車の駅にいる人が、豊かでかっこよく見える」。脚本家の山田太一さんは語っていた。効率ばかりを優先する生き方は無理がないか。「いまの社会は、プラスの明るさだけを求めている気がします」

この先に見えるのは、ＡＩの時代か。人間と機械の関係にこだわった漫画家、松本零士さんの作品には「ドタン場で必要となるのは、考える力を持った人間様だ」との言葉がある。それでいて、松本さんの描いた機械人はどこか柔らかで、あたたかい。まるで人間とは何かを教えてくれているかのように。

「自分を好きになるって難しい」とｒｙｕｃｈｅｌｌ（りゅうちぇる）さんは自著に綴《つづ》った。27歳の人気タレントは悩み続けた。自分らしさとは何か、個性とは何かと。「まずは甘やかすところから始めるのはどうだろう」

人は殺し合いを、戦争を、やめられない。イスラエル軍のガザ攻撃で7歳のハリドくんは亡くなった。乗馬や水泳が好きな少年だった。英語を学び、「ガザの外の世界を知りたい」と言っていた。

私たちは何を信じればいいのか。福島の原発事故の後、作家の大江健三郎さんは問いかけた。「私は次の時代の日本人が引っかぶる、物質的な重荷に加えて、不信という重荷を思います」

かけこみの年賀状　12・30

生まれるものあれば、消えるものあり。見坊行徳《けんぼうゆきのり》ら編著『三省堂国語辞典から消えたことば辞典』には、その名のとおり、一度は辞典に掲載されたが、改訂によって削られた項目が収められている。なんと「携帯メール」もその一つだ。時の流れはおそろしい。「着メロ」「赤外線通信」などと共に、2022年の最新版で消えた。スマホの普及で、日常的には使われなくなったと判断されたようだ。

ネット上の通信手段は、かくも盛んに新旧交代をくり返し、進化をとげる。その裏返しだろう。

19年の全国学力調査で中学3年に封筒の宛名書きをさせると、正答は57％にとどまった。相手の名前を右端に書いてしまったり、住所の位置にメールアドレスを併記したり。機会がないに違いない。

相手の顔を浮かべながら、年賀状を一枚一枚したためる。そんな光景も、いずれは「いまどき珍しい」と言われるのだろうか。今年の年賀はがきの発行は約14億枚。ピーク時の3分の1だという。郵便物全体の数も半減し、これでは値上げに踏み切るのもやむをえまい。

じつは私も、だいぶ前に年賀状をやめてしまった。出すなら印刷で済ませず、干支《えと》の一つぐらい描きたい。でも商売柄、年末年始も締め切りに追われる。それを言い訳に遠のいた。

なのに、まったく勝手なものだ。世の中で年賀状じまいが広まっていると聞けば、なんだかさびしくなる。思えば、旧友たちはどうしているだろう。いまから書き始めて、まだ間に合うだろうか。

さよなら2023年　12・31

ニュースに追われ、あっという間に年の瀬を迎えた。あれをよんでおきたかった、これを見すごした、と心残りは数多い。まったく、ふり返れば後悔ばかり先に立つ。

　ではどんな思いをあすの元日へと持ち越そうか。除夜の鐘で心を清め、感謝と夢とを新たにする。年越しくらい、そうありたいものだ。嘆きを過去に流す。

　夢といえば、子どもによる発言を募った本紙投稿欄「あのね」に昔、こんな話が出た。2歳の息子は、まくらカバーを外して洗おうとすると、さわらせない。「あけたらダメ」。枕のなかに夢が入ってるんだと言う。「まだみてないのがたくさんあるの」と。

　大人が出来ることと言えば、一つでも多くそんな夢を叶《かな》えてやることだ。だが、あまねく世界に目を転ずれば、情け容赦のない砲弾で涙を流す子がいる。虐待で、きらめく感性の芽を摘み取られる子がいる。

　ガザ地区で、ウクライナで、海のかなたで、日本で。新しいカレンダーのまぶしい余白が笑顔で埋まっていく。あるがままの子どもが、お日様の匂いの枕で眠りにつく。そうした日々を、願ってやまない。

　教師だった故鹿島和夫さんの編書に小1の教え子らの詩集がある。年末のわくわくした感じを伝えてくれるのは、せとなつきちゃんの作品だ。「きょうはおおみそかです／おばあちゃんが千円札に／アイロンをかけています」。そおっと見たのかな。明日が「たのしみ」。こんな日常に幸せは潜む。ではみなさま、よいお年を。ここらで筆をおく。

主な出来事　２０２３年７月―12月

（日付は原則、日本時間）

７月３日　国税庁が路線価を公表。全国平均は前年比１・５％増で、２年連続で上昇した

５日　東京五輪の談合事件を巡る裁判で、大会組織委元次長が起訴内容を認める

11日　北大西洋条約機構（ＮＡＴＯ）にスウェーデンが加盟へ。難色のトルコが容認に転換

トランスジェンダーの経済産業省の職員への女性トイレ使用制限は違法と最高裁が判決

13日　欧州連合（ＥＵ）が日本産の農林水産物や食品の輸入規制の完全撤廃を発表した

16日　英国が環太平洋経済連携協定（ＴＰＰ）に新規加盟。加盟国が増えるのは初

テニスのウィンブルドン車いす部門男子シングルスで、小田凱人が初優勝

20日　囲碁の一力遼棋聖が初の本因坊。第78期本因坊戦で井山裕太本因坊の12連覇を阻む

21日　無着成恭さん死去、96歳。教育者、僧侶。作文教育「生活綴方《つづりかた》」を実践し、ラジオ「全国こども電話相談室」の回答者も務めた

23日　カンボジア下院の総選挙で、フン・セン首相率いる与党・人民党が「圧勝」宣言

24日　作家の森村誠一さん死去、90歳。社会派ミステリー「人間の証明」は映画と共に大ヒット。晩年もエッセー「老いる意味」がベストセラーに

25日　ビッグモーターが保険金の水増し請求問題で会見し、社長が辞任を表明

28日　日銀が長期金利の上限を事実上１・０％へ引き上げ。金融緩和策の修正

最低賃金（時給）の全国加重平均が、初めて１千円を超える見通しに

関西電力の高浜原発１号機（福井県）が再稼働。運転開始から48年経った老朽原発

８月２日　中国電力が山口県上関町に対し、中間貯蔵施設の建設検討を関西電力と共同提案

4日　自民党衆院議員の秋本真利氏が外務政務官を辞任。収賄容疑で家宅捜索
5日　警視庁が日大のアメフト部員を覚醒剤取締法違反と大麻取締法違反の疑いで逮捕
6日　広島への原爆投下から78年。平和記念式典で「核抑止論」からの脱却を呼びかけた
9日　長崎での平和祈念式典は台風接近のため規模を縮小して開催された
14日　札幌市のすすきので切断遺体が見つかった事件で、親子3人を殺人容疑で再逮捕
15日　終戦から78年。東京で開かれた全国戦没者追悼式に遺族ら約1600人が参列した
18日　防衛省・自衛隊でのハラスメント被害の申告が1325件あったと同省が公表
22日　相次いだ強盗事件で、警視庁が詐欺グループトップを初めて強盗事件で逮捕
23日　第105回全国高校野球選手権記念大会で慶応高校（神奈川）が107年ぶりの優勝
24日　東京電力が、福島第一原発で処理水の海洋放出を始めた
　　　ロシアでプリゴジン氏搭乗とみられるジェット機が墜落。乗員乗客10人全員死亡
25日　米国のトランプ前大統領が拘置所に出頭。大統領選の集計に不正介入した罪
26日　陸上の世界選手権女子やり投げで、北口榛花《はるか》が金メダル。五輪、世界選手権でトラック・フィールド種目の日本女子の優勝は初めて
30日　ガソリンの全国平均価格が1リットル＝185・6円となり、15年ぶりに最高値を更新
31日　百貨店そごう・西武の労働組合が西武池袋本店でストライキを実施した
9月
1日　文部科学省が「国際卓越研究大学」の初の認定候補に東北大を選定した
2日　国民民主党の代表選で、玉木雄一郎代表が前原誠司代表代行を下し、再選された
4日　米軍普天間飛行場の沖縄県名護市辺野古への移設計画をめぐり、県が国を訴えた訴訟で、最高裁が県の上告を棄却。県の敗訴が確定した

9月5日　大阪府・市は、カジノを含む統合型リゾート（ＩＲ）開業への工程などをまとめた実施協定案を承認した

7日　ジャニーズ事務所が会見で故ジャニー喜多川氏の性加害を認め、藤島ジュリー景子社長の辞任を発表。後任は所属タレント東山紀之氏

10日　洋上風力発電をめぐる汚職事件で、東京地検特捜部は衆院議員の秋本真利容疑者を逮捕

　ベネチア国際映画祭で、濱口竜介監督の「悪は存在しない」に銀獅子賞（審査員大賞）。濱口監督は３大映画祭すべてで受賞した

13日　第２次岸田再改造内閣が発足。自民党役員人事と合わせ、政権の骨格は維持

　歌舞伎俳優の市川猿翁さん死去、83歳。現代的な音楽や照明を演出に採用した「スーパー歌舞伎」を創始。古典の新演出にも積極的だった

21日　東芝が投資ファンドの日本産業パートナーズによる株式公開買い付け（ＴＯＢ）について成立したと発表

25日　エーザイが、アルツハイマー病の新しい治療薬「レカネマブ」の国内での製造販売について、厚生労働省から正式承認を得たと発表

27日　水俣病被害者救済法の対象から漏れた１２８人による国家賠償請求訴訟で、大阪地裁が原告全員を水俣病と認め、賠償を命じる判決

10月2日　大リーグ・エンゼルスの大谷翔平が日本選手初の本塁打王獲得。投手を務めながらの本塁打王は１９１８、19年のベーブ・ルース以来

8日　シンガー・ソングライターの谷村新司さん死去、74歳。アリス時代に「チャンピオン」などがヒット。ソロでも「昴―すばる―」「サライ」「いい日旅立ち」などの曲が愛された

10日　全国の銀行を結ぶ送金システムで不具合が発生。2日後の12日朝に復旧した

11日　将棋の藤井聡太名人・竜王が王座のタイトルを獲得し、史上初の「八冠独占」を達成

13日　札幌市とＪＯＣは記者会見を開き、２０３０年冬季五輪招致を断念することを表明した

　　　献金被害が長期間続いたなどとして、文部科学省が、旧統一教会への解散命令を東京地裁に請求した

14日　俳優の財津一郎さん死去、89歳。「キビシーッ」などのギャグで人気に。ＣＭでも活躍

18日　歌手・もんたよしのりさん死去、72歳。「ダンシング・オールナイト」が大ヒット

19日　連合が来年の春闘の賃上げ目標を「５％以上」とする方針を発表

20日　大阪・関西万博の会場建設費が５００億円増えて２３５０億円になるとの見通しを万博協会が表明。２度目の増額で当初の１・９倍に

22日　衆参2補選が投開票され、衆院長崎４区では自民候補が、参院徳島・高知選挙区では立憲民主党が支援する無所属候補が勝利した

25日　トランスジェンダーが戸籍の性別を変えるのに、生殖不能手術を必要とする性同一性障害特例法の要件は「違憲で無効」と最高裁決定が示された

31日　東京都江東区長選で木村弥生区長の陣営に有料ネット広告の利用を提案したとして、地元選出の柿沢未途《みと》法務副大臣が辞任した

11月

5日　プロ野球の阪神が日本シリーズでオリックスを破り、38年ぶり2度目の日本一に

10日　細田博之さん死去、79歳。官房長官や自民党幹事長、衆院議長などを歴任した

12日　京都府八幡市長選で無所属の川田翔子氏(33)が当選。女性市長としては全国最年少に

13日　過去の税金滞納と差し押さえなどの問題で自民党衆院議員の神田憲次財務副大臣が事実

上、更迭された。後任は赤沢亮正衆院議員

11月14日　宝塚歌劇団は、劇団員の女性(25)が9月末に死亡した問題で、長時間の活動などの管理責任を認めて謝罪。「いじめ」は否定した

15日　池田大作さん死去、95歳。公明党の支持母体で日本最大級の宗教法人、創価学会の名誉会長。国際交流にも注力し、「国連平和賞」などを受賞した

17日　大リーグ・エンゼルスの大谷翔平がア・リーグ最優秀選手に、二度目の満票で選ばれた

23日　韓国ソウル高裁が日本政府に対し、元慰安婦の女性らに賠償金の支払いを命じる判決。元慰安婦らは地裁判決から逆転勝訴

24日　パレスチナ自治区ガザ地区でイスラエルとイスラム組織ハマスとの戦闘が一時休止。双方が人質らを解放し始めた

作家の伊集院静さん死去、73歳。小説「受け月」「機関車先生」、エッセー「大人の流儀」などがベストセラーに。近藤真彦さん「愚か者」などの作詞も手がけた

29日　鹿児島県屋久島沖で、8人搭乗の米空軍横田基地所属の輸送機オスプレイが墜落

ヘンリー・キッシンジャーさん死去、100歳。国際政治学者で米国務長官も務めた

山田太一さん死去、89歳。松竹で木下惠介の助監督を経て脚本家に。「岸辺のアルバム」「ふぞろいの林檎たち」「男たちの旅路」などテレビドラマ史に残る名作を手がけた

30日　国の生活保護基準額引き下げ決定を巡る控訴審判決で、名古屋高裁は決定を違法と判断。一連の訴訟で初めて国に賠償を命じた

12月3日　イスラエル軍はパレスチナ自治区ガザ地区の全域に地上作戦を拡大したと発表。ガザ南部への地上侵攻を始めたことも明らかにした

7日　京都アニメーション放火殺人事件が結審した。検察側は青葉真司被告に死刑求刑。弁護側は心神喪失による無罪を主張
10日　大リーグの大谷翔平がドジャースに移籍することを決めた。契約は10年総額7億ドル
12日　元自衛官の五ノ井里奈さんへの強制わいせつ罪に問われた元自衛官3人に有罪判決
14日　岸田文雄首相は裏金疑惑のある松野博一官房長官を含む安倍派の4閣僚ら計10人を交代させた。松野氏の後任は岸田派の林芳正前外相
19日　自民党派閥の政治資金パーティーをめぐる問題で、東京地検特捜部が安倍派と二階派の各事務所を家宅捜索した
20日　ダイハツ工業が、車両の認証試験で新たに174の不正があったと発表した。国内外で手がける全車両の出荷を当面停止する事態になった
22日　政府は武器輸出を制限している防衛装備移転三原則と運用指針を改定し、大幅に規制を緩和。殺傷兵器の完成品の輸出を解禁した
28日　米軍普天間飛行場の辺野古移設計画をめぐり、防衛省が申請した工事の設計変更を国が沖縄県に代わって承認する「代執行」を実施
　東京都江東区長選をめぐる事件で、衆院議員の柿沢未途・前法務副大臣が、買収と選挙中の有料ネット広告掲載の疑いで逮捕された
30日　歌手の八代亜紀さん死去、73歳。「雨の慕情」「舟唄」などの歌声が人々の胸を打った
31日　中村メイコさん死去、89歳。2歳から歌手、俳優、声優などで活躍。皆に愛された

人 名 索 引

＊50音順。読み方の不明なものについては，通有の読み方で配列した。

サ　行

タ　行

ナ　行

ハ　行

マ　行

ヤ　行

ラ　行

ワ　行

朝日新聞朝刊のコラム「天声人語」の2023年7月―12月掲載分を、この本に収めました。

まとめるにあたって各項に表題をつけました。簡単な「注」を付した項目もあります。新聞では文章の区切りに▼を使っていますが、本書では改行しました。年齢や肩書などは原則として掲載時のままです。掲載日付のうち欠けているのは、新聞休刊日のためです。

「天声人語」は、郷富佐子、古谷浩一、谷津憲郎が執筆を担当しています。大久保貴裕、米田優人、定塚遼が取材・執筆を補佐しました。

郷富佐子《ごうふさこ》
1966年生まれ。89年、朝日新聞社入社。社会部員、国際報道部員などを経て、マニラ、ローマ、ジャカルタ、シドニーで特派員を歴任。バチカンでローマ教皇の代替わりなどを報道。

古谷浩一《ふるやこういち》
1966年生まれ。90年、朝日新聞社入社。日本での勤務は前橋支局や大阪本社社会部など。中国での取材経験が長く、上海、北京、瀋陽で特派員を歴任した。南京大学と韓国・延世大学で研修留学も。

谷津憲郎《やつのりお》
1971年生まれ。94年、朝日新聞社入社。水戸、仙台支局を経て、社会部では主に遊軍を担当。沖縄に2度勤務し、沖縄国際大へのヘリ墜落事故や辺野古埋め立て承認などを取材した。

天声人語《てんせいじんご》 2023年7月—12月

2024年3月30日　第1刷発行

著　者　朝日新聞論説委員室
発行者　宇都宮健太朗
発行所　朝日新聞出版
〒104－8011　東京都中央区築地5－3－2
電話　03－5541－8832（編集）
03－5540－7793（販売）
印刷所　TOPPAN株式会社

Published in Japan by Asahi Shimbun Publications Inc.
ISBN978-4-02-251975-7
定価はカバーに表示してあります。